O —
editora Urutau

rua maestro demétrio kipman, 210,
jardim américa, bragança paulista — sp,
12902-130, brasil

avenida peirao besada, 6 – 2D
36163 poio-pontevedra
(espanha)

[+34] 644 951 354 [espanha]
[+55] 11 9 4859 2 426 [brasil]

www.editoraurutau.com.br
contato@editoraurutau.com.br

[EDIÇÃO]
tiago fabris rendelli & wladimir vaz
[COORDENAÇÃO DE REVISÃO]
debora ribeiro rendelli
[REVISÃO]
gabriel galbiatti nunes
[CAPA E DIAGRAMAÇÃO]
victor prado
[IMAGEM DA CAPA]
nayen tenani

dados internacionais de catalogação na publicação (CIP) de acordo com ISBD

correia, tom

C824c clube dos niilistas / tom correia. bragança paulista, sp: editora urutau, 2021. 108 p. ; 13 x 19cm.

ISBN 978-65-5900-161-3

1. literatura brasileira. 2. prosa. 3. conto. I. título.

CDD 869.8992

2021-3850 CDU 821.134.3(81)

elaborado por vagner rodolfo da silva - CRB-8/9410

CLUBE DOS NIILISTAS

TOM CORREIA

[primeira edição]
URUTAU
outubro de 2021

sumário

*Cada novo dia que vem raiar em nossa janela
pode esmagar nossa vida.*

STEFAN ZWEIG

Aos que
trabalham
sem alarde
e deixam
um rastro luminoso
que se extingue
antes mesmo
que possam
enxergá-lo.

Colapso

I

É verão. Antes da segunda guerra. Um hidrante esguicha no meio da rua. Um adolescente sorri e usa um objeto para dividir o jato em dois. Apenas um dos meninos está calçado. Meninas se aproximam. Elas se molham e sorriem. Recebem rajadas no corpo. Engolem água. Tossem. Suas roupas se encharcam. Elas riem. Gritam agitando os braços. Correm em círculos. Gargalham. São cinco sobrinhas no paraíso. As três maiores são corajosas, ficam próximas do esguicho duplo. As duas menores estão mais afastadas. A maioria está de costas para o hidrante. Algumas estão de cabeça baixa. Uma garotinha de vestido encharcado solta um grito agudo. Ela está na ponta dos pés. A boca aberta. Os adultos estão ao fundo. Três deles prestam atenção à cena. Sentem uma mistura de inveja da infância e cuidado. Um senhor, de paletó e gravata, segura um pacote pardo na mão esquerda. Uma mulher na calçada traz um saco de compras. Há uma criança próxima, ao seu lado. Os outros estão alheios. Um homem ajeita a manga da camisa branca, um gesto que remete às obrigações do trabalho. Um automóvel, um Packard sedan, está parado à direita, lá atrás. Ainda mais ao fundo, outro homem tem a mão na cintura e aprecia o quadro.

Você não quer perder nenhum momento da algazarra. Não tira o dedo do disparador. Avança o filme. Dispara. Sente que as fotografias sairão mal compostas. Algumas ficarão desfocadas. Dispara. Perde detalhes de velocidade e abertura. Constrói um campo sem profundidade. Dispara. Em termos técnicos, você é um fracasso. Você vê, mas não enxerga. Respira soltando ar pelo nariz, mas não se inspira. Não sabe como desobedecer ao terço e suas regras. Faz cortes equivocados. Perde gestos que as crianças jamais repetirão, se posiciona mal. Mas você continua disparando.

Ele tem muitos contatos, distribui cartões de visita. O selo carimbado atrás de suas fotos diz "O famoso". Sempre aparece antes de todos, mas dessa vez você tem a vantagem. Ele chega com a cara rechonchuda e te olha curioso. Fuma um charuto. Carrega sua Speed Graphic quatro por cinco. Parece uma caixa de lambe-lambe sem tripé. O flash é imenso. Vocês avaliam a câmera um do outro. Querem saber que lente e filme cada um usa. Não rivalizam. Trocam um discreto aceno solidário. O olhar dele é arguto e irrequieto. As crianças estão agitadas. Trocam de posição o tempo inteiro. São infinitas as possibilidades. Ele tem sangue frio. Não se precipita. Não se importa caso a água pare de jorrar, o que arruinaria a composição.

Você fica ansioso com a demora dele. Tenta imaginar o que fariam Dorothea, Koudelka ou Riis para registrar a imagem. Dispara. O famoso não se perturba. Continua fumando. Olha o relógio. As crianças gritam. Tudo à espera. O jato branco da água inunda o asfalto escuro, atravessando a rua em diagonal. Os adultos observam. A cena toda vai se desfazer em um segundo. Então, ele se ajeita. Eleva a câmera à altura dos olhos. Faz movimentos ágeis. Escolhe o melhor ângulo. Dispara apenas uma vez. Desde 1983, a sua foto está exposta no Museu Metropolitano de Nova Iorque.

II

Após vinte horas de viagem, você desce em uma rodoviária. Paga para entrar no banheiro. Prende a respiração ao utilizar o vaso. Lava o rosto. Escova os dentes. Sai procurando nos bolsos um recorte dos classificados. Liga de um orelhão.

É sobre o anúncio. Vocês já arranjaram o fotógrafo?, pergunto.

Mais ou menos.

Como assim mais ou menos?

Tem alguém que faz fotos pra gente, mas no momento ele tá na Alemanha. Tu é fotógrafo?

Mais ou menos, respondi. Nós rimos.

Passe aqui. A gente conversa. De repente tu fica até ele voltar.

Você anota o endereço sem ter ideia de como chegar lá. Vai perguntando a um e a outro. Você está paralisado depois do que aconteceu. No caminho você pensa que não importa o quanto a alma das pessoas traga em si alguma compaixão. Basta apenas uma pedra ser arremessada e tudo desmorona. Às vezes, você se arrepende. Você poderia estar no mesmo lugar de sempre, sem se ver obrigado a viver em desterro. Você só consegue chegar ao sobrado no final da tarde. As sombras e a brisa te acalmam, mas é mentira. Você sente que já não é mais o mesmo. Algo se rompeu por dentro. Sobe as escadas. Sente o cheiro de parede descascada e pronta para receber tinta. Vê um latão e tenta presumir a cor para distrair sua mente. Um cara franzino e calvo fuma um cigarro à janela. Ele se levanta de modo brusco ao te ver, como se tivesse sido flagrado cometendo um crime terrível. Era um curso para modelos. A mesa estava repleta de fichas das alunas.

Você deve ser o mais ou menos fotógrafo. Meu nome é Ântoni. Sente aqui.

Prazer.

Você demorou. Foi difícil achar o lugar?

Não foi, mas tive que resolver umas coisas antes.

Tu não parece ser daqui.

Não sou, vim de longe.

De onde?

[...]

Ah, já estive lá uma vez. Até gostei. Mas tu já tinha vindo aqui antes?

Já, mas faz muito tempo.

O que foi isso no seu rosto?

Levei uma pancada.

Tu precisa ser muito esperto aqui.

Já percebi.

Desculpa a bagunça. A gente tá terminando uma pequena reforma no telhado. Vamos colocar um forro de madeira ali, ele diz.

Vocês ficam olhando para cima sem dizer nada durante quase um minuto. Enquanto conversam, você já havia avaliado a agência. Não era apenas o fotógrafo deles que era mais ou menos. Era um tipo de lugar novo já decaído no berço. O espaço era até amplo. Tinha banheiro (porta fechada, luz acesa), dois salões grandes, um corredor e uma sala menor, nos fundos. Ântoni começa a te contar os planos.

Na verdade, vou dar aulas de etiqueta e moda. Talvez eu inclua também culinária, não sei bem. Tenho mais de quarenta alunas matriculadas. Algumas são crianças, tu gosta de crianças, não é? Vi logo que gostava. Tu trouxe fotos suas?

Ao ouvir quarenta, você começa a fazer cálculos; alunas te fazem imaginar a possibilidade de retomar a vida com uma delas. Já havia acontecido uma vez. Você não sente nada ao ouvir crianças. Nunca sentiu, aliás, mas ninguém acreditou na sua versão e depois as coisas tomaram uma proporção incontrolável e tudo se perdeu. Você pede para ver as fotos do amigo de Ântoni. Ele vai lá dentro buscá-las. Enquanto remexe as gavetas, não para de tagarelar, mas sua voz chega abafada e você perde vários trechos de sua fala [...] então a gente vai precisar [...] pras meninas. Podemos ter um bom [...] as mães [...] quando as fotos saem boas. Uma delas até me [...]. Você faz vários rã-rãs e vai pra sacada apreciar a rua. A luz do dia se esvaindo te faz concluir: o que aconteceu naquele quintal, há três dias, não podia ter sido evitado.

Ântoni volta e acende outro cigarro. A marca é das piores. Você sente o nariz e o peito queimando enquanto avalia as fotos. A calma do lugar sofre um abalo que vaza pela porta do banheiro.

Ô, Ântoni!

Já vai.

Traz logo a toalha, caralho!

Ântoni levanta-se apressado. Vai até os fundos e volta trotando em passinhos comedidos. Toc-toc. Entrega a toalha por uma fresta.

Tu é lerdo, né cara?! A voz vem com eco.

Tu que é apressadinho, Ântoni reage submisso. Encosta a porta.

Desculpa, ele te diz. Tava empolgado com minhas aulas e esqueci desse traste aí.

Tudo bem, você responde.

Então, viu as fotos? Essa aqui mesmo de Pâmela tá linda. Veja essa blusinha amarela combinando com a cor da pele morena, tu não acha?

Você permanece calado. As fotos são muito ruins. Você vê um monte de imagens sem nada de novo. Meninas fazendo biquinho-de-pato que jamais chegariam a lugar nenhum. Os pais delirando com uma carreira internacional em Milão.

Deixa eu ver seu trabalho. Quer beber alguma coisa?, Ântoni perguntou. Ele acende outro cigarro ruim. Não tira os olhos da porta do banheiro, num esforço para não te despachar logo. Lá dentro a água jorra com força.

Não, não se preocupe. Você tira o portfolio da mochila.

Ântoni folheia tudo muito distraído. As pessoas só têm interesse em mostrar o que elas fazem. Estão cada vez menos dispostas a apreciar e a escutar o outro. Você se levanta e vai à janela por causa do cigarro. O bairro tem ruas tranquilas. Você se imagina morando ali com Tamires.

Tuas fotos são até boas, ele diz.

Obrigado.

Por quanto tu faria um álbum?

Você responde. Ântoni fala rápido enquanto faz contas numa calculadora. Valores em dinheiro parecem mexer com ele. Ele começa então a te contar suas aflições. Porque vivia sozinho, tinha de se virar para comer. Fazia salgados e doces para aniversários e sua mãe aposentada não podia ajudá-lo muito. Resolveu abrir a agência para tentar ganhar algum. O aluguel do imóvel tinha sido pago por um cara chamado Michel, antes dele voltar para a Alemanha. Você não procura saber o tipo de sociedade que havia entre eles. Michel deve ter sido o traste do banheiro, você cogita.

Em qual cidade da Alemanha?, você pergunta, como se já tivesse viajado para fora.

Não sei.

Como não sabe? Ele não trabalha com você?

Trabalha, trabalha, mas é um nome complicado. Ih!, não sei como fala. Ele me mostrou num mapa, mas não sei onde fica.

Mas quando ele voltar, ele não vai ficar chateado quando descobrir que tem outro fotógrafo?

O problema vai ser só dele, meu querido. Quem mandou ele me abandonar? A fila anda.

Eu não quero mais me meter em confusão.
Se por acaso ele voltar, a gente dá um jeito.

Ao final de tanta história vaga, você pressente que aquilo não daria em nada. Tem muito plano de vida que já nasce morto. As pessoas tentam te convencer a embarcar no delírio, pois precisam de alguém para pôr a culpa quando tudo desmoronar. Você decide continuar ali, fingindo prestar atenção e notando os tiques no rosto trêmulo de Ântoni. Ele diz que você pode começar a acompanhar o curso para tentar vender os álbuns. Ele te arranjaria as meninas e ficaria com uma comissão. Você entraria com as fotos. As melhores ficariam para a agência. Enquanto você pensa no que dizer, ele se levanta de maneira repentina. Seu gesto corporal é um convite para que a conversa seja encerrada. Vocês acertam os detalhes da comissão. Ao descer as escadas, você ainda teve tempo de escutar outra reprimenda pornográfica em Ântoni, o barulho da porta do banheiro. Abrindo e fechando.

III

Por sua culpa, em três meses a casa recém-construída foi devastada. Seu irmão mais velho havia chegado de longe com a família, mulher e filha única, para manipular areia, brita e cimento, empilhar os milheiros de blocos. Estruturar as ferragens para as colunas e montar a base do radier, delimitando as divisórias dos cômodos. Assentar janelas e portas. Distribuir com os peões carrinhos de mão, pás, enxadas e colheres de pedreiro. Era um projeto antigo de seu pai. Você só entende a demora quando ele explica que apenas esse filho mais velho poderia levantar a casa: não confiava em mais ninguém. O terreno ficava lá, aguardando. Da área extensa se via o rio das Velhas atravessando o vale do Amanhã. Os recortes das montanhas, a reentrância da nascente do rio, as corredeiras. O quintal era grande, com cisterna e amendoeira. Além da cerca, a queda era íngreme. Você cresceu junto com o terreno da futura casa até se tornar adulto, ajudando o pai no armazém.

Esquecida no subsolo da memória, a fotografia surgiu do tédio. O pai tinha uma câmera que nunca usou. Ficava mofando no depósito. Tinha sido empenhada por um dos seus clientes endividados. Você começa a fotografar tudo que chama sua atenção. Gasta muito dinheiro com filmes, experimentações, revelação, folhas de contato, despesas do correio. O pai reclama do que considera um desperdício, pois não tinha nada nesse fim de mundo para tirar retrato, dizia. Ninguém entendia suas fotografias. Diziam que preto e branco não tinha graça. Reclamavam dos borrões, das imagens distorcidas.

Tamires tem cerca de um metro e sessenta de altura. Corpulenta, sua sobrinha parecia ter mais idade. É divertida e falante, fagulha vivaz, algo em si demoníaca, o suficiente para irradiar uma crescente apreensão eletrizante e silenciosa. Sua energia foi tomando conta da casa velha, impregnada em seus cadernos em espiral, nas antigas bonecas esquartejadas num pequeno baú que ela queria jogar no lixo. Você tentou conversar para descobrir o que a interessava: os estudos abandonados por motivo não revelado pelos pais, as anotações que ela fazia em seu diário, os cachorros e gatos que ela gostaria de ter, mas era impedida pelo castigo.

Seu irmão justifica sua fama como mestre de obras. As paredes da casa se erguem alinhadas. Já se percebe que será um imóvel de composição sólida, arejado e voltado para a nascente. Os almoços em família são animados. Os peões comem à parte, escorados nas colunas de concreto. Com frequência, você flagra o olhar salivante deles sobre a menina. Você nunca havia enxergado Tamires além de uma criança em estado de constante ebulição, até encontrar um bilhete no bolso da sua camisa. Você passa a evitá-la por um tempo insuficiente para aplacar o satanás fálico que se agita e vai te dominando. As outras pessoas da casa estavam cegas pelas suas obsessões particulares: casa nova, aposta na rinha, o melhor lugar no cemitério. Apesar da sua resistência, não perceberam como você e a garota foram se encaixando. Você e Tamires se dependurando no pontão de pedra, projetando os corpos como trapezistas. Ela se agarrava ao seu pescoço com as mãozinhas geladas. Você desafiava os limites do próprio medo de caírem sobre a encosta profunda. O perigo a deixava num estado de excitação precoce, as axilas úmidas exalando um cheiro que te endurecia. Vocês tentavam ser discretos. Algo poderoso surgia, mas era impossível ocultar em arbustos de galhos secos coisa tão indomável.

Aos domingos, a casa velha despertava em silêncio. Mulheres iam à missa. Os homens, trucidar seus galos de esporas afiadas. A mudança para a casa nova começou em poucas semanas. As paredes ainda estavam sem reboco, mas o pai estava agoniado demais para esperar. A casa velha foi sendo esvaziada aos poucos. Os órgãos vitais extirpados e colocados sob o sol na calçada. As gavetas com roupas. As panelas reluzentes. As latas de mantimentos. Você prefere ficar até o último instante, apegado ao cheiro da casa velha. Mais aconchegante e íntimo, traz consigo todos os aromas da infância. Depois da chegada de Tamires, não foram poucas as vezes em que você escutou a porta do quarto sendo forçada no meio da noite. Você permanecia em silêncio, com a garganta seca e o coração disparado pelo que aconteceria se aquela porta fosse aberta.

Foi num dia silencioso e quente de domingo que, ao se levantar, você se vê conduzido por uma luz entrando pela porta do quintal. Vê Tamires com os seios cintilantes e fartura de pelos púbicos negros, banhando-se com uma mangueira. Ela sorri ao te ver. Mostra a língua. Faz caretas infantis. Brinca com jatos d'água no seu corpo iluminado pelas cores da manhã. Num impulso, você se volta para pegar a câmera e retorna. Ela não fez nenhum gesto de reprovação. Ao contrário, se exibe. Você gasta três rolos inteiros de filme. Cento e oito tentativas de captar o que havia de mais ardente no coração daquela menina. De tão absorvido pela sua imagem, os dois brincando de esconde-esconde entre as roupas estendidas no varal, você não percebe as pessoas chegando. Eles partem para cima te abraçando com todo rancor. Sua câmera é arremessada longe. Arrebenta-se ao se chocar com as pedras. Um dos peões te acerta um chute no rosto. Tamires grita seu nome. Você não recorda dos seus pais em meio ao tumulto, pois você se encontrava correndo a esmo, regurgitando o passado que já aprisionava duas sombras em desencanto. Você soube depois que a casa nova também começou a ser esvaziada, o câncer extirpado e exposto sobre a calçada sem luz. Em seguida, pedras enormes te esmagariam a cabeça e você começaria sua fuga de vinte horas sem ter varado o negrume que sua sobrinha te ofereceu com tanta ânsia.

Dente de cavalo

Tenho sonhado muito depois que voltei a enxergar. Não lembro onde deixei minha antiga bengala. Minha mente divaga. Encontro dificuldades para dar sequência lógica aos pensamentos. Harena faz trinta anos hoje. Já não nos falamos há algum tempo. Não sei mais por onde anda. Lembro que nos divertíamos em seus aniversários. Quando ela fez vinte e dois anos, quis fingir ser cega. Colocou óculos escuros, comprou uma bengala igual à minha e saímos a caminho de um jantar. No início, ela achou tudo muito engraçado, sentindo-se importante ao enganar as pessoas. Depois, porém, foi emudecendo ao sentir como tratam os cegos. Uma caridade excessiva que termina oprimindo. Não lamento apenas a sua ausência. Ter recuperado a visão foi ainda pior: no escuro eu era inteiro e feliz. No vasto deserto silencioso e negro eu me sentia reconfortado em minha limitação. Descobri que a luz dói. Já a escuridão é um embalo num berço aquecido. Creio que enquanto Harena se submetia aos meus fetiches, no fundo ela ganhava tempo e força. Aproveitei o que pude, mas algo dentro de mim pulsava. Um alerta em forma de inchaço invisível sob a pele, anunciando o castigo que seria voltar a ver.

Uma das coisas que mais detesto é ter a minha memória invadida. Se já passou, não tem volta. Acho perda de tempo remoer o que poderia ter sido. Não adianta voltar para tentar conter o volante no braço. Já não era mais possível evitar o arremesso do carro num poste a cento e oitenta por hora; ou fingir que não foi necessário retirar os estilhaços de retinas que se descolavam. Por um milagre, meu rosto escapou das cicatrizes, aleluia, senhor, mas no fundo não fazia a menor diferença. Depois de testar vários tratamentos em que gastei muito dinheiro, enxergar de novo foi decepcionante. Durante o processo já surgiram os primeiros sinais de meu arrependimento. Além de deteriorar minha relação com Harena, me readaptar à luz foi muito mais difícil do que ter penetrado na treva. Não senti emoção alguma quando retiraram os últimos curativos. Olhei para aqueles rostos fixos-ansiosos. Aguardavam uma efusiva comemoração do paciente problemático. Perguntei apenas quando poderia ir embora para casa. Eles se retiraram um a um. Médico é um bicho engraçado. A maioria é desprezível e limitada. Alguns são fronteiriços. Eu, quando criança, dizia que ia ser médico. Criança é assim mesmo, inconsequente. Mas não foi apenas o poste e a retina que me fizeram enxergar um mundo distorcido. A tal junta médica, arrogante e vaidosa, fez uma barbeiragem e também se chocou com seus postes. Explicando de modo grosseiro: na sequência de várias cirurgias eles afetaram, de um modo que até hoje não sabem responder, os cones que reconhecem as cores. Eu enxergava, mas havia algo errado nas imagens: minha visão só era possível em preto e branco, como mostravam os primeiros aparelhos de tevê com tubo de imagem e válvulas sibilantes. Quando descrevi o modo como eu via as coisas, a princípio eles me ridicularizaram. Depois, fecharam a cara. Ainda mais porque também eu me recusava a ser explorado como um daqueles personagens lacrimosos que serviam como fonte para matérias bizarras de superação.

Sim, admito, foi até bom rever a movimentação nas ruas, mas não pude evitar o clichê de me sentir num filme antigo. Tudo em volta com vários tons de cinza, preto e branco. Senti uma pontada pelas cores do mundo terem se desbotado. Fui promovido a enxergar mas, ao mesmo tempo, fui rebaixado a acromata. Era muita coisa. Dois tipos de readaptação sobrepostas. O espetáculo não podia parar. Eu me irritava por não distinguir as cores das roupas que eu usava, mas em pouco tempo fiz a opção natural: passei a usar apenas roupas pretas, mesmo quando o calor era insuportável. A cidade em preto e branco era de uma beleza entediante, sobretudo à noite. Voltei a circular nas praças apenas para me acostumar com as grandes ausências: minha cegueira e Harena, uma só existindo por causa da outra. Os pequenos vazios, como as meninas que já não se aproximavam, não chegavam a ser nenhuma grande tragédia.

As fichas não caíam. As ironias não acabavam. No primeiro dia ao sair nas ruas para testar meu dom monocromático recém-adquirido, quem encontro? Raísa. Uma das garotas que eu levava para o Passeio Público durante o meu auge. Ela carregava no braço um menino muito do feioso, acompanhada de um sujeito de maus bofes que vestia uma camisa regata de time de futebol. Não dava para confiar num sujeito que veste algo desse tipo. Os tons de cinza e branco nos vincos de sua cara eram irrefutáveis: o cretino a espancava com frequência. Ela ainda guardava resquícios de beleza no rosto, mas seu corpo parecia ter sido metralhado por um pelotão de atendentes de *fast-food*. Passamos muito próximos um do outro. Ela me reconheceu e deu um sorrisinho um tanto surpresa por perceber que eu enxergava. Por certo deve ter lembrado do que fazíamos no escuro. Senti uma enorme felicidade por aquele menino não ser meu filho. Também por não ter camisa regata e nunca ter batido em mulher, pelo contrário. À medida que Harena crescia, se tornava intempestiva. As leituras floresceram uma eletricidade animalesca na menina. Leituras indicadas por mim durante anos. Fui moldando meu cão-guia até o dia que ela mordeu minha mão, me agredindo pelo menos duas vezes. Uma delas na semana do Natal. Não lembro direito o ano e o motivo, mas deve ter sido por ciúme. Ela esquentou uma colher numa das bocas do fogão até deixar o metal em brasa. Eu estava recostado na cama, escutando os barulhos na cozinha. Suas passadas tensas se aproximavam. Com o peito acelerado pela discussão, senti o cheiro da pele do meu braço esquerdo grudando na colher. Adquiri a mania de ficar passando a mão na cicatriz, como se acariciasse seu rosto.

Harena se formou em Direito, mas odiava a pompa e a arrogância do meio, uma escala de valores que ela rejeitou desde o início. A festa aconteceu no mesmo mês em que recuperei a visão, mas continuei fingindo ser cego, pois eu não queria perder as minhas regalias. Após relutar, fui coagido por ela a ir ao evento. Os pais, apalermados, estavam felizes. Fui apresentado a eles como um velho amigo e ninguém me perguntou nada. Estavam eufóricos com as fotos. Quem me percebeu, deve ter achado que eu vivia aflito e gritavam no meu ouvido, um costume de gente incapaz de conversar com os cegos. Eu tive de me resignar. Na época, o pai de Harena tinha sido diagnosticado com leucemia e, não sei se por isso, vê-lo apatetado, tirando péssimas fotos da filha dançando no palco, foi uma cena forte (ele usava uma maquininha digital, a muita distância e com um flash tão anêmico quanto o seu sangue). Eu permanecia alojado nas tenebrosas ilhas formadas por cadeiras e mesas com um medonho arranjo floral no centro. Ao redor, os parentes distantes e comportados vestiam o que consideravam a melhor roupa de suas vidas. Calado e de cabeça erguida, fingindo olhar para um ponto fixo, eu pude apreciar as coxas torneadas das amigas de Harena, imaginando se elas topariam um *ménage* com um pobre homem pseudocegueta de cabelos grisalhos e em franco processo de degradação (mas ainda com algum vigor).

Pela voz e corpo de Harena, sempre compreendi a sua beleza, mas confesso que ver seu rosto pela primeira vez foi angustiante. Foi como rever o poste se aproximar numa velocidade absurda. O para-brisa se despedaçar e fazendo levitar milhares de fragmentos. Ela também se mostrou chocada por se ver na iminência de perder seu posto de cão-guia. A minha independência a deixou aflita. A partir de certa época ela parou de me contar as coisas e, quando a gente se afasta assim de alguém, tudo pode acontecer. A conexão fina que havia entre nós foi se diluindo. Nós, que éramos capazes de pressentir o pensamento do outro. Um dia, ela partiu. Nunca mais nos falamos, nem mesmo no dia dos nossos aniversários. Eu soube, tempos depois, que ela havia se enturmado com um povo esquisito (a prepotente geração dos *millenials* metida a anunciar bobagens na TV). O resultado foi ela ter sido afogada por um sistema vampiresco. Em resumo, nos separamos porque retiraram os cacos de vidro dos meus olhos. Eu sempre desconfiei de que seria um erro. Certas coisas não devem ser removidas. Devem repousar em sua imutabilidade para que a roda continue a girar sem sobressaltos.

Eu queria apenas me livrar das pessoas, mas elas não me deixavam sossegar. Eu levava a vida como era possível: inventando a verdade dos cegos para usá-la como desculpa. Até que alguém da empresa me ligou. Estranhei ao me ver obrigado a dar explicações. Me senti acuado. Antes, eu não precisava me justificar: minha cegueira era um passaporte diplomático que escancarava as portas sem qualquer fiscalização. Omiti que tivesse voltado a enxergar contando com a desorganização dos setores que se comunicam de maneira primária. Ganhei um tempo enorme com isso. Até que eles desvelaram minha omissão. Aleguei não estar me sentindo muito bem. Disse estar me readaptando, que não sabia quanto tempo mais eu precisaria até me sentir confiante para retomar minhas funções. Mas eles não acreditaram muito nisso (provável que os médicos ressentidos tivessem informado sobre a decepção deles comigo). Eles insistiram para que eu fosse fazer a perícia. Houve uma breve discussão. Eu subi um tom. A mulher do departamento pessoal subiu dois. Estavam fartos do prejuízo que eu os dava. Era isso o que me diziam, disfarçado em sutilezas. A possibilidade de anulação da minha invalidez remunerada tirou o meu sono. Fiquei de agendar a perícia e desliguei o telefone. Na tomada.

Sim, ter me recuperado foi um equívoco. Eu era feliz. Mas esta grande certeza só seria confirmada de maneira imprevista. Foi no dia em que me senti mais sozinho do que o habitual, tomado por uma espécie de solidão que me afetou como nunca. Acordei no meio da tarde e a casa em silêncio dizia que coisas práticas aguardavam minha decisão. Ver tudo cinza ao redor me angustiava: os móveis, os utensílios da cozinha, o piso de madeira, o lustre, as calcinhas de Harena (que escondi quando ela veio buscar suas coisas), a poltrona de leitura. Logo depois saí sem rumo, investido no meu uniforme de batalha. Caminhei devagar pelas ruas arborizadas e limpas da parte nobre da cidade. Eu era um ex-cego de sorte. Os *ray charles* da periferia não têm esse privilégio: as pistas tácteis são restos de construção que conduzem a valas sem fundo, a postes instalados no meio do caminho. Aliás, cegos e postes são as coisas mais incompatíveis que eu conheço.

Terminei entrando numa dessas franquias que cobram preços extorsivos por produtos de qualidade discutível, cujos funcionários prestam um atendimento mecânico, uma educação adestrada e de hostilidade contida. Esperei quase vinte minutos para a atendente fazer o favor de me trazer o cardápio. E isso porque eu estava com meu uniforme de cego. Pedi um café e uma fatia de torta. Escolhi um lugar onde o ar-condicionado chegava ao máximo. Senti minha pele eriçada por um frio bem mais intenso do que imaginei e isso me levou de volta àquele congresso inútil em Curitiba, em pleno inverno. Era junho de algum ano perdido em minhas órbitas e o termômetro estampava menos um grau na madrugada quando saímos da boate (na época, se chamavam boates). Eu estava tão bêbado que não consegui dizer ao taxista o nome do hotel em que estávamos. Pedro e Rafael também estavam fora de combate, um se apoiando no outro, gargalhando com a fumaça que saía dos seus narizes. Éramos analfabetos sociais, incapazes de ler o mundo e de uma frivolidade que gerava atritos infantis. Pedro tinha tentado tirar toda a roupa em plena pista. Rafael tinha ido parar no banheiro feminino com uma garota negra de Trinidad e Tobago. Senti alguma felicidade ao relembrar a neblina engolindo o parque Barigui, a chuva de granizo, ao revisitar o cansativo cercadinho para turistas tirarem foto no Madalosso-Ópera-de-Arame-Pedreira-Jardim-Botânico.

Quando retornei dessas lembranças, concluí que eu já esperava um reencontro com Harena. Em 2002, quando ela era apenas uma menina, eu já sabia que nossa história se prolongaria. É algo que a gente sente, sendo cego ou não. Eu estava com a cabeça na capital paranaense, quando notei, a meia distância, sua silhueta monocromática sorrindo, acompanhada de uma garota. Trocavam carícias que iam além da mera amizade. Sua namorada era linda e pelo menos uns dez anos mais nova do que ela. Estavam de mãos dadas e riam, mostrando uma à outra, alguma coisa na tela dos seus celulares. Fizeram vários selfies. Harena havia colocado várias tatuagens, cortado o cabelo bem curto e trazia nos gestos muita segurança diante da vida. Fiquei observando as duas. Elas se amavam. Não tiveram tempo para notar alguém ao seu redor e, durante o tempo em que tomei o café frio e amargo, pedi a conta e paguei, elas não levantaram a cabeça em nenhum instante. Saí sem ser percebido.

Mesmo enxergando o suficiente para andar com desenvoltura pelas ruas, não abandonei os óculos escuros e a bengala. Também não informei às pessoas que eu podia ver as caretas de impaciência que elas faziam quando estavam diante de mim (um desmascaramento que, de algum modo, me abalava). Depois considerei aquilo uma falha humana aceitável. Nós, os cegos, mesmo os fingidores que andam à paisana, somos uma presença incômoda. As pessoas apenas nos toleram. Antes, eu podia tudo, mas admito ter perdido a bondade e a força fálica. As meninas cresceram, tomaram seu rumo e todas as Harenas se tornaram inatingíveis. Toda manhã, quando o sol ilumina as cortinas da janela do meu quarto, um pensamento ressurge: a coisa que mais me provoca saudade é a falta de luz.

Numa tarde em que fui surpreendido na poltrona da sala por um sonho repentino, me vi diante de uma plateia imensa. No palco, estávamos eu e uma espécie de mediador cujo rosto era indefinido. Eu não conseguia diferenciar se ele era homem, mulher ou trans. As pessoas foram ao evento apenas porque haviam divulgado minha presença na cidade. Eu escutava frases carinhosas vindas de vários pontos. O apresentador era espirituoso: pedia que o público se contivesse e tentava fazer graça, talvez para me deixar mais à vontade. Ele ou ela não sabia, mas isso nunca dava certo comigo, fosse ali ou na vida real, pensei assim, dentro do próprio sonho. Quando ela ou ele me passou o microfone, me atrapalhei e deixei cair papéis que se despedaçaram em centenas de pedaços vitrificados. A plateia veio abaixo, gargalhando. Ensaiei uma fala tímida, sem atrativo e o público se revoltou, passando a me xingar. Queriam o dinheiro de volta, enquanto arremessavam objetos no palco. Mesmo sem enxergar, antevi dezenas de pares de sapatos voando em minha direção. Me esquivei como Bush fez naquela entrevista coletiva. Tentei me levantar para sair correndo às escuras, mas lembrei do cachê e decidi encarar o mau humor da plateia indócil. O mediador estava contrariado e me alfinetou com frases irônicas. Evitei rebater suas críticas e para minha alegria notei que tinha voltado a ficar cego, acolhido pela escuridão. Só então consegui ver o rosto do mediador com nitidez: era Harena, meu ex cão-guia.

Corações ingênuos

Preciso expressar toda minha gratidão ao inimigo e às suas engrenagens por me concederem os meus últimos segundos, permitindo que eu retomasse o caminho de encontro aos meus irmãos. Embora algumas pessoas ainda me dirigissem palavras de conforto e regozijo, há muito tempo eu já estava convencido de ter chegado ao fim, pois já não havia nada mais a fazer para que o fio condutor fosse recomposto. Uma paz monstruosa se formou como uma bela nuvem densa e cinzazulada até me envelopar num estado de letargia, confirmando a minha tese de que eu morreria sem glórias, herdeiros ou viúvas, porque desde sempre me preparei para a iminente chegada dos cobradores, vestidos de vermelho, ainda mais no meu atual estágio: de conseguir luz acendendo tocos de vela; de tomar banho roubando água do quarto vizinho; e, porque ficava quieto, esperando o vácuo escuro se dissipar até eu conseguir dormir as setenta e duas horas prometidas pela posologia, de levantar-me apenas para beber água (também roubada) e para ir ao banheiro (sem descarga). Sem precisar com exatidão quando o inimigo acelerou sua escalada, a certeza era de que todas as estações do ano haviam se alternado várias vezes e a possibilidade de já estar morto sem saber era por si só muito reconfortante. Era fácil não sentir pressa nem ansiedade, e tudo que eu desejava, sem calcular o restante dos segundos concedidos, era perambular a esmo pelo desfiladeiro da morte em vida, rememorando sem sobressaltos os períodos de sanidade de curta estadia.

O mesmo *perambulismo* perdido da minha infância enfim irmanada com Raimundinho a anunciar aos passantes *cachorro e galo, é zero hora hoje*, com seus pés escuros sempre-inchados, barba de guerrilheiro, camisa verde-oliva de botão, calça cáqui social de bainha esgarçada encobrindo suas varizes e as havaianas de tiras soltas, tendo como única companheira uma lata de leite ninho em que ele colocava a comida que lhe ofereciam. Lembrar dele assim, tão nítido, é um prêmio concedido pelo inimigo ao permitir o reencontro com Raimundinho, meu irmão, surtado, se abaixando para recolher pedregulho qualquer, mas sem jamais passar de tímida ameaça quando nós, grotescos adolescentes, o importunávamos chamando-o de estuprador. Logo ele, que nunca entendeu bem essa coisa, pois Raimundinho não deve ter feito tipo algum de sexo além de um solitário onanismo eventual num ponto cego do seu reino em forma de beco. Ele passava os dias assim, o dia todo, a tarde inteira, sob o sol ou sob a chuva, escorregando pelas falésias da memória, a espreitar o resultado do jogo do bicho, caprichando em seus palpites às quartas e aos sábados *cobra e macaco, hoje é federal*, palpites jamais levados a sério, mas que de vez em quando iluminavam o milhar inteiro na cabeça e, para alegria da banca, ninguém aparecia para pegar a fortuna, porque sempre desprezavam as previsões aleatórias do meu irmão.

Continuo então com minha caminhada cambaleante e, ao dobrar outra esquina camuflada, aproveitando o inesperado ato de bondade do meu algoz, me deparo com Tralalá, magrinho-magrinho, usando o seu sempre limpo calção azul de educação física de listras laterais, levando na mão um pote vazio de margarina, passando de casa em casa para fechar todos os portões, grades e janelas, esfregando as pontas do indicador e do polegar junto ao nariz exibindo misterioso refinamento para a noiva invisível que o teria abandonado logo depois da primeira crise. Eu estava muito feliz por rever meu irmãozinho Tralalá caminhando pela rua daquele jeito dele, meio de lado, com molas gastas nos joelhos e articulações, balançando o corpo descoordenado como um automóvel com sérios problemas nos amortecedores. Ele andava o dia inteiro, a noite inteira e também a madrugada esfregando polegares e indicadores, segurando sua vasilha engordurada e sentindo saudades da noiva, arrependido por não a impedir de sumir no mundo, deixando-o com o peito murcho magrinho-magrinho de saudade. Uma recordação desenterrada de última hora me revela sua carapinha enfeitada com tranças de contas coloridas na época de carnaval, mostrando como ele sorriu em contraste com seus olhos amarelados, advindos de uma hepatite mal curada, e como ele adorava o clima de batucada nas ruas, disposto a cair na gandaia para talvez encontrar outra noiva desgarrada e sem compromisso que lhe convidasse para dançar e lhe oferecesse uma cintura fina para ele colocar suas mãos oleosas.

Enquanto meu corpo se desfazia deitado num colchão estreito, feito de papelão e sem lençol, recebo o aviso de que meu tempo está se exaurindo e só haveria um meio de reencontrar minha irmã Da Paz vagando em outro beco nebuloso da minha esquina memorial. Negra de potentíssima voz, sorriso equino com dente falhado saltando dos lábios, cabelo curtíssimo, fazendo minha alma tremer ao revê-la toda nua, logo de manhãzinha, em frente à escola onde esperávamos abrirem os portões. Na igrejinha ali perto, dobravam os sinos intimando os fiéis a se acomodarem sobre os genuflexórios e condenarem a suposta sem-vergonhice da minha amada irmã Da Paz tão nova, nem bebia ainda, nem cantava ainda, os pequenos lindos seios duros, com seus pelos púbicos começando a crescer, os braços cruzados e a cabeça baixa de vergonha sob a chuva e sob o sol. Ainda hoje rememoro minha culpa de não tê-la protegido dos pivetes que não tiravam os olhos do seu triângulo intocado, muitos deles com seus pauzinhos já duros, desejando comer sem piedade a minha irmãzinha negra, engravidando-a se assim tivesse de acontecer com o único intuito de contar vantagens. As meninas se sentiam felizes por não estarem nuas em plena praça diante dos homenzinhos com quem já flertavam; e elas a humilhavam fazendo comentários maldosos, mas sem saber o que as aguardava, servidoras submissas aos imprestáveis maridos sem nenhuma possibilidade de fuga. Antes Da Paz cantando nua e liberta; antes Da Paz com seu brado feroz ecoando pelas ruas; antes Da Paz com sua voz rasgando a garganta, voz que não reconhecíamos, pois, estávamos esmagados pelas fórmulas de inútil pedagogia que seguíamos como ovelhas de olhos caídos.

Com os segundos ficando cada vez mais escassos, a crescente impaciência dos verdugos confundiu minhas sinapses desconexas, ressuscitando os cobradores vestidos de vermelho para me perseguirem pelas ruas. Eu acelerava o passo e eles me acompanhavam aonde eu fosse, como um fúnebre cortejo encarnado a agitar as centenas de duplicatas acumuladas por mim durante anos. Eu ainda alegava sofrer de insolvência crônica, mas eles, irredutíveis, vasculharam a rua em que eu morava deixando recado com os vizinhos para fazerem de mim uma sombra cabisbaixa quando eu retornasse sorrateiro. Tentando escapar, atravessei correndo os becos onde meu irmão Raimundinho habitava, passei rente aos portões que o irmãozinho Tralalá cerrava com suas mãos de unhas sujas, e também estive perto de onde minha irmã Da Paz gostava de tirar a roupa e de gritar fora de controle. Senti então uma vontade imensa de reuni-los numa festa para dá-los latinhas e vasilhas novas, roupa lavada e engomada, microfone, bloco de anotações. Quem sabe até nascesse ali um súbito enlace e Da Paz virasse noiva de Tralalá, e Raimundinho, vestido de terno e de havaianas novas se tornasse o padrinho do casal, acertando no milhar seco, na centena e na dezena do primeiro ao quinto para bancar as despesas da cerimônia e da lua de mel. Porém, os vizinhos-silvérios delatam aos cobradores de vermelho que eu, o devedor, estou passando. Eles observam se estou carregando alguma sacola de compras, constatam horrorizados que uso a mesma roupa há vários dias e fazem projeções obscuras sobre a minha resistência ao assédio. Eles me denunciam e ganham como prêmio algumas contas pagas. Os cobradores recrutam outros vizinhos que passam a usar vestes sanguíneas e balançam no ar notas promissórias, invadindo e depredando o que me havia restado de recordação. Eles me constrangem como podem. Afirmam já estar com os processos de penhora bem adiantados na justiça, mas nada disso me assusta até eles ameaçarem construir labirintos de muros intransponíveis para que jamais eu reencontre os meus irmãozinhos. Só então paro de correr e digo que pagarei tudo de alguma forma, que bastaria um tempo extra para arranjar as coisas, implorando que deixassem intactos os restos das paredes esburacadas onde meus irmãos habitavam. Os homens de vermelho de faces duras e imóveis, mesmo desconfiados, concordam como rígidos moais pascoalinos, com um leve traço de sorriso esculpido em suas faces enigmáticas. Eu agradeço sorrindo-lhes com tristeza, porém, com grande alívio no coração.

Sinto um óleo verdiscuro e espesso transpassar o meu nariz, ouvidos e boca como um sinal do inimigo se aproximando para arrebatar os pouquíssimos segundos que me restam. Ainda tento me preparar para enfrentá-lo, mas não tenho recursos para afrontar algo tão faminto. No momento derradeiro, sinto-me recompensado pelo reencontro inesperado com meus diletos irmãozinhos. Tudo que consigo é oferecer uma profunda prece de desculpa e de agradecimento a

Raimundinho zero hora, salve, a Tralalá magrinho-magrinho, salve, e a Da Paz equina, salve-salve, devendo dizer apenas que estou muito feliz agora por estar aqui com minhas próprias latinhas e vasilhas, por eu ter também meu calção limpo, por eu ter aprendido a fechar portões e janelas, e porque posso ficar nu sem amarras e gritar ainda mais alto para assombrar o mundo. E por me sentir realizado ao me ver enfim livre da sensação de ser sufocado pelo mesmo sentimento do marinheiro do submarino Kursk ao escrever a carta que jamais enviaria, numa espera eterna por um resgate que foi se apagando como um farol sendo desmontado aos poucos.

ADILSON RAMOS

Vira-mundo

Dormir de favor é sempre um constrangimento. A gente se torna o pó amontoado sobre os móveis. O lodo esverdeado que se acumula no fundo de um vaso sanitário branco. As pessoas fingem naturalidade dizendo que a casa é sua, mas é possível ver o desconforto delas grudado no teto, uma gosma repulsiva ameaçando cair sobre sua cabeça. Acorda-se bem mais cedo do que o habitual porque se tem dificuldade para se adaptar ao cubículo onde passa-se a noite: num sofá-cama duro, sem travesseiro, cheio de ácaros e manchas suspeitas. Já é o terceiro lugar diferente que me abriga em duas semanas. As coisas se sucederam de maneira tão rápida que eu não tive tempo sequer para pensar numa solução extrema. Por me sentir um invasor, eu me levanto sempre evitando fazer barulho. Passo pelos cômodos evitando criticar os móveis e a decoração. Sinto-me cansado para continuar minha busca. Fecho a porta com cuidado. Saio sem tomar café.

Eu caminhava pela calçada que refletia a luz amena de outubro. Carregava na mochila o uniforme do trabalho mais recente, para onde me dirigia. Eu não sabia ao certo que dia era aquele, pois só memorizava coisas importantes. A única certeza é de que nada duraria muito tempo. Eu procurava por um cigarro nos bolsos, sabendo que estavam vazios. Tentava escutar uma palavra de ânimo, sabendo que a alma já não reagia. Não queria revisitar a sequência de equívocos que me levou àquela situação. Eu pensava também nas alternativas que restavam, tentando ser o mais imparcial possível.

Ao passar em frente a uma vitrine espelhada, virei o rosto para não me deparar com as sobras no reflexo. Minha mente me interpelava. Não consigo responder como atraio tanta derrocada. Também não percebi o canteiro de obras, a cidade com as vísceras expostas por operários autômatos ao sentir sob os pés um súbito vácuo. Reparei que o céu se tornou mais elevado. Vazio tão repentino que me fez rir enquanto me precipitava ao fundo, levando comigo, além da mochila, uma ridícula constatação: sim, era uma queda. Um alçapão de pegar otário, instalado no meio da calçada, que engole o corpo e reaviva a memória. Lá embaixo, após um silêncio perpétuo, em vez de buscar algum osso quebrado, checar se havia sangue escorrendo pela fronte, pensei apenas no vexame. Ainda mais cabisbaixo, percebi que não conseguiria sair dali sozinho. Ao olhar para cima, notei as primeiras sombras humanas se alternando em contraluz. Pareciam confabular como se daria o resgate.

Para mim, era indiferente. Me ajeitei como pude, sentindo o barro úmido na minha calça, o que me fez lembrar da minha entrevista mais recente: o dono da loja perguntou se eu tinha experiência. Menti, dizendo ter sido mascote de times de futebol, ter feito sucesso como sharpei de pelúcia. Além de ter encarnado Mickeys, Dumbos, Ursinhos Puff.

Até Ben 10. Improvisei uma história e impressionei o cara quando disse ser um fã dos antigos seriados japoneses. Mas quando ele ouviu sobre minha admiração pelo Robô Gigante, o rosto dele se contraiu. Pensei ter jogado fora a oportunidade. Ele me disse que aquela mascote não dava certo, que por algum motivo as vendas caíam muito e, além disso, as crianças pareciam amedrontadas. Não queriam entrar na loja, faziam escândalo e isso irritava os pais. As crianças sentem quando a mascote não é sincera, respondi. Ele disse também que a pessoa selecionada precisaria encarnar bem o espírito de um herói. Por isso a preferência por alguém mais vivido, um sênior com a alma infantil preservada. Depois, ele perguntou se eu me achava capaz de desempenhar bem a função, se eu conhecia os movimentos que o herói fazia com as mãos para soltar os raios, se eu estava em boa forma física. A pressão está em doze por oito, menti. Até que ele se levantou da cadeira e me mostrou a fantasia. Menti novamente ao dizer que dominava todos os gestos do japa metálico ao reconhecer o personagem que teria de encarnar. A vaga é sua, mas você tem que parecer real. Não deixem que vejam seu rosto, escutei. A luz do *timer* no meu peito deixou de piscar. Foi como ganhar uma sobrevida.

Com as pernas encolhidas, cheias de raladuras, lembrei dos meus primeiros dias de glória como Ultraman. Na entrada da loja, instalaram um amplificador que irradiava músicas orientais em ritmo de funk, ditando meu ritmo na calçada. Além de desferir no ar os golpes do herói, eu inventei um idioma oriental caricato que agradava, fazia o povo rir. Eu atraía tanta clientela que as vendedoras me parabenizavam no final do expediente. As comissões cresceram bastante após a minha estreia, me diziam. Eu recebia tapinhas no ombro e percebi a insinuação de uma delas, um afago mais demorado. A atuação, cada vez mais inspirada, me tornara famoso. Cheguei a ser assediado pela concorrência. Eles me ofereceram até carteira assinada. Prometi avaliar, mas nunca dei uma resposta. Esnobar é um verbo que valoriza o sujeito.

Eu também recordei como o sol castigava a fachada da loja até o poente. O calor era depressivo. A indumentária que eu usava devia ser costurada por crianças vietnamitas, cambojanas ou chinesas submetidas a regime escravo, mas eu não me preocupava mais com isso. Já suava demais batalhando por mim mesmo sob aquele uniforme. Não havia nada que eu pudesse fazer por elas. Eu era apenas um Ultraman falido, a luz no meu peito sempre piscando para alertar sobre a minha morte iminente. Quando o movimento caía, eu me abrigava um tempo sob o toldo. As meninas me ofereciam água que eu bebia em grandes goles, pois ainda precisava repor as prateleiras. Os pais, levando os filhos pela mão, se aproximavam com mais interesse quando me reconheciam. Indivíduos barrigudos, já ficando grisalhos, chegavam a me abraçar com entusiasmo ao posar para as fotos. Os mais desinibidos se expunham ao ridículo fazendo o papel de monstros toscos, rosnando. Faziam barulhos sibilantes com a boca simulando disparos e raios numa batalha épica de perdigotos. Isso atraía os curiosos. A porta da loja se tornava intransitável. Motoristas paravam para ver do que se tratava.

O engarrafamento ganhava proporções consideráveis. As meninas da loja aproveitavam para fazer propaganda, arremessando panfletos coloridos em todas as direções. Para os mais crescidos, os pais explicavam que tiveram a infância marcada pelo Ultraman. Algumas mães também se lembravam do super-herói, mas apenas de maneira vaga. Muitas delas fechavam a cara com a empolgação dos maridos. Já os filhos adolescentes os desprezavam. Os pais conversavam comigo através de uma minúscula tela da minha vestimenta. Eles me contavam que, no auge do seriado, criaram fã-clubes com carteirinha e estatuto. Apesar de decepcionados por não encontrarem miniaturas do ídolo na loja, jamais saíam de mãos vazias. Submetiam-se aos garotos implicantes e levavam até um brinquedo a mais como recompensa. Camuflado, eu percebia as mudanças com mais nitidez. Eu só não sabia como tudo havia se perdido e os pais se transformaram em reféns apalermados da própria cria. O problema era todo deles, eu pensava.

Acomodado no fundo do poço, eu ainda tive tempo de relembrar o que senti quando o meu sapato abriu diante de um monte de gente disputando a única vaga para uma morte lenta e terrível: de segunda a sábado, dez mil horas por dia, ser obrigado a bater meta vendendo planos de saúde no calçadão do centro, sem almoço, banheiro ou transporte. Para me soterrar de vez naquele buraco, eu escutava o recrutador me dizendo *acho que aquilo ali é seu*, apontando para o solado vagabundo que acenava para mim lá do meio da sala. Enquanto eu reavaliava o meu afastamento irreversível das pessoas, percebi as sombras humanas sobrevoando a abertura se alternando com mais rapidez. Escutava o barulho da máquina perfuratriz, objetos pontiagudos que rasgavam o solo, um sistema de roldanas sendo instalado em estruturas metálicas que faziam a terra tremer. Eu não fazia ideia de como cultivei por tanto tempo de maneira equivocada minha relação com o poder, não entendia como me tornei um acumulador mórbido de problemas e perdi meu antigo posto de ditador de regras, de profissional arrogante, de assediador sem escrúpulos, de dono da máxima razão, de centralizador de tudo. Como fui capaz de deflagrar uma série de dívidas acumuladas, meu nome despontando em listas sujas de empresários arruinados, os credores ligando a qualquer hora para que eu os informasse uma previsão de pagamento. Eu recordava o dia em que disse para mim mesmo, em voz baixa e resoluta: chega. E eu não me preocupava mais que bloqueassem meus cartões e minhas contas e cortassem minha luz, água, gás, TV por assinatura, telefone, que faltasse dinheiro para comprar um simples aparelho de barbear. Eu sabia que mulher alguma aguentaria isso por muito tempo e admiti que a minha foi muito compreensiva até tudo arrebentar como uma ferida infectada. Reencontrá-la, tanto tempo depois, não era algo que eu desejava, ainda mais naquelas condições.

Eu voltava do almoxarifado, onde tinha acabado de engolir algo parecido com um almoço. Coloquei minha máscara, liguei o amplificador e, assim que pisei na calçada, avistei o menino. Ele estava bem crescido. Notei seu jeito de andar, apressado e quase tropeçando nas próprias pernas. O rosto com um sorriso tenso, mas confiante, o mesmo cabelo que tive na infância. Os olhos iguais aos meus. Senti um impulso de me esconder, mas me lembrei de já estar oculto. A mãe do menino tinha envelhecido com dignidade. A maturidade lhe caiu bem, atenuando os traços selvagens que ela trazia na juventude. Suas novas feições eram ainda mais sedutoras. O indivíduo que estava com eles era bem simpático. Um cara em sintonia com o mundo. Pela aparência, todo mundo sabe quando uma pessoa tem boa renda regular durante muito tempo. Ao me reconhecer, ele fez questão de me abraçar, mas se conteve a ponto de não querer imitar um monstro. Eles passaram na minha frente. Escutei o menino dizer *compra esse lego pra mim, pai*. Comecei a me sentir sufocado. Precisei tirar a máscara e fui para os fundos da loja. Fiquei sentado por um tempo no depósito escuro. Quando retornei, eles ainda estavam passando pelo caixa. No final do dia, quando baixamos as portas largas de ferro, recebi, desanimado, os cumprimentos das meninas por mais um dia rentável. Uma delas apertou meu braço de um jeito diferente, por mais tempo, com mais calor. Bati o ponto e levei o uniforme. Jamais retornei.

Recordo todos esses detalhes enquanto sou resgatado. Ao ressurgir do buraco, todo imundo, apoiado nos ombros dos paramédicos, percebi como o céu era intenso e nublado naquela manhã, azul e límpido o uniforme do pessoal do resgate e amistosa a farda dos bombeiros. Todos muito empenhados em realizar aquele parto de alta complexidade. Percebi a cara das pessoas me recriminando pela queda. Com todos aqueles dedos acusadores ao redor, me dei conta de que o reencontro com o menino e sua mãe tinha acontecido um dia antes. Recompus a cena passo a passo como forma de autopunição, talvez.

Já devolvido à superfície, ainda me vi obrigado a preencher aqueles formulários vagos, exigidos pela burocracia. A contragosto, revirei os bolsos sujos de barro. Achei apenas a minha carteira de trabalho, foto manchada, a segunda via sempre adiada. Folheando aquelas páginas roídas nas pontas, conferi por acaso a minha data de nascimento e constatei que era dia do meu aniversário: sessenta e dois anos. Senti uma leve vertigem. A luz descontrolada do *timer* no meu peito começou a piscar cada vez mais rápido.

Karmic wheels

Quarta

Atravesso a faixa de pedestres. Um motoboy surge e acelera ao me ver. Consigo mirar seus olhos. Sinto seu coração pulsar de ódio. Seu objetivo é claro: atropelar qualquer pedestre. Adianto o passo, a motocicleta passa zunindo, mas consigo chegar ileso à calçada. A energia ruim de sua voz abafada pelo capacete é toda concentrada num xingamento: *morre, disgraça!* Tento me recompor do susto. Um carro encosta no meio fio. Há uma movimentação do motorista e do carona. Do porta-malas, sai uma cadeira de rodas. Do banco traseiro, sai uma mulher imensa. Quem aguarda no ponto de ônibus fica em silêncio solidário. A imagem da mulher bloqueia toda a rua, mas tem potencial para obstruir um bairro inteiro ou até para apagar o sol. Ninguém entende como ela cabe sentada ali, como os eixos a suportam. Eles precisam descer por um caminho íngreme e estreito. Serão necessários quatro homens em bom estado de saúde para realizar a manobra arriscada. Eu e mais dois transeuntes ingênuos nos oferecemos como voluntários. O quarto homem parece ser o marido da cadeirante. Ele segura um saco plástico com chapas de raio-x e papéis amarrotados, com manchas de carimbo. A escadaria é uma profunda garganta de um dragão de komodo que leva a um beco de casas com telhadinhos cheios de limo. Penso em desistir, mas me falta coragem. Ela faz cara de dor a cada solavanco. Por inexperiência, pego a parte mais pesada. O sol do meio-dia nos deixa desidratados. Estamos concentrados e cautelosos com os movimentos. Um morador faz a barba olhando-se encurvado num espelhinho de moldura laranja encostado no peitoril da janela. Ele dá batidinhas com o aparelho de plástico amarelo, salpicando a parede com fragmentos de seus pelos endurecidos. Volta-se para nós com desprezo, como se fôssemos todos aleijados. Estou quase sem forças. Olho para baixo avaliando quantos degraus restam. São infinitos. Se eu não avisar a tempo, a mulher pode despencar e nos arrastar com ela em direção à fossa. A operação toda leva mais de uma hora. Um esforço extra é necessário para colocá-la dentro da sua casa minúscula. Não consigo escutar os agradecimentos da mulher. Já não enxergo o seu marido, as chapas do raio-x, o cara que fazia a barba. Penso que o melhor a fazer é retornar ao ponto de partida, ainda que a grande farsa estivesse lá, orgulhosa e imóvel. Tento subir de volta à superfície. Começo a atravessar a faixa. Estou desorientado. Avisto o mesmo motoboy retornando. O reconheço pelo capacete. Sinto que ele sorri, segura o guidom com mais firmeza e acelera. Leio seus pensamentos. Em um passo mínimo para o lado, tento me desvencilhar para encaixar um leve tombo, o suficiente para arremessá-lo longe. Sinto o vento quando ele passa a cem por hora. Escuto o barulho do seu corpo em atrito giratório com o asfalto. Vejo a moto se arrebentar no muro de mosaico branco. Soube outro dia que ele não faz mais entregas. Que ganhou muita força nos braços. Que está se adaptando à vida desativada sobre rodas.

Terceira

O lugar era inóspito. Entramos e saímos em ruas esburacadas. Perguntamos a várias pessoas pelo caminho até chegarmos ao bar que ficava perto da esquina onde Felisberto morava. Ninguém o conhecia pelo nome, até que alguém disse: *ah!, deve ser o Beto Bombom*. Todos se entreolharam, deu-se um silêncio, mas nos explicaram como chegar lá. Algo na entonação na voz de um deles dizia *não-me-envolvam-nisso*. A casa tinha três andares. Parecia uma fortaleza do jogo do bicho. Era vigiada por um sistema integrado por várias câmeras. Apertamos o interfone. Uma, duas, três vezes. Demorou para alguém responder. Já estudávamos um modo de invadir o local. Não seria uma tarefa agradável. Um zumbido metálico destravou o portão após nos identificarmos. Lá dentro, encontramos um adolescente negro e assustado desparafusando duas grandes caixas de som afixadas na parede. A primeira coisa que percebemos foi o clima hostil entre eles. Antes mesmo das apresentações, Bombom começou a se lamentar, reclamando da ingratidão das pessoas. A indireta era para o garoto, que permanecia mudo, os olhos enormes. Ele tinha pressa, queria desatarraxar tudo e dar o fora dali o quanto antes. Detesto esse tipo de gente, mas eu já devia saber. Quando a pessoa tá na pior, ela sabe onde você mora, te procura o tempo todo e você ali, ajudando como pode, Bombom continuava sua ladainha. Ele estava deitado em seu colchão d'água. Ambos eram grandes. Ele tinha os cabelos aloirados e os olhos claros. Suas pernas ficaram atrofiadas por algum motivo que ele escondia (talidomida? Bala alojada na cervical?), condição que o obrigou a fazer um esforço contínuo para se locomover. Seu tronco e braços eram sólidos, de quem fazia musculação sem tomar anabolizante. Ficou largo em cima e fino embaixo, como o loiro personagem do desenho animado antigo que só se vestia de branco. Vocês vão querer quantos mesmo?, ele perguntou. Uns dez tá bom, um de nós respondeu. Aos poucos, ele parecia recuperar o humor. Esqueceu as caixas de som e o garoto negro, mas deu outra indireta, dessa vez para nós. As pessoas gostam de botar apelido em deficiente. Eu acho isso uma sacanagem, ele disse. Talvez ele monitorasse o boteco com suas câmeras. Nesse caso, o cara que falou onde ele morava estaria fodido. Conforme o esperado, Felisberto começou a se exibir nos contando sobre suas aventuras amorosas. Fez como nos disseram que ele faria. Nos mostrou a banheira instalada ali mesmo, no meio da sala. Também mostrou a bicicleta adaptada que ele disse ter construído sozinho. Nesse momento, o adolescente deu uma olhada repentina para ele, como se protestasse sobre a autoria da construção do veículo. Ignorado, ele saiu carregando as pesadas caixas de som. Deu uma viagem só. Ouvimos o barulho das caixas se espatifando na escada. Bombom aproveitou para se queixar da traição do ex-amigo. Também nos contou sobre sua estratégia para atrair as meninas que conhecia nos *chats*. Primeiro, ele mostrava apenas o rosto e o tórax, e só depois, quando a conversa tinha avançado muito, ele revelava o membro descomunal. Nos mostrou dezenas de fotos de mulheres nuas, fazendo um detalhado relatório biográfico e sexual de suas vítimas. Ele não ganhava pouco com as chantagens que fazia. Quando falamos o nome de uma pessoa, o sangue fugiu do seu rosto. Impulsivo, seu gesto brusco antecipou a operação. Desmontamos os monitores, destruímos todas as câmeras e arquivos. Deletamos todas as fotos do cliente e deixamos Bombom, o empalador paraplégico de mulheres casadas, estrangulado e submerso em sua jacuzzi de águas borbulhantes.

Segunda

Olha lá a gente levando vôinho com muito sacrifício numa cadeira de rodas para o culto de domingo com um pastor renomado num aterro em frente ao mar imaginando que ele receberia atendimento exclusivo mas havia tanta gente que só conseguimos lugar na última fileira eu ainda assim acreditando que vôinho se levantaria e largaria aquela merda de cadeira lá mesmo para outra pessoa usar e que ele sairia caminhando para ir cuidar de sua quitanda por onde todos os dias eu passava de volta da escola e ganhava uma fruta ou uma gasosa mas quando o pastoreco gritou LEVANTEM! eu levantei painho levantou e todos que não estavam doentes se levantaram e ficamos olhando para vôinho o único a permanecer sentado e imóvel com seus olhinhos tristes pedindo para a gente resolver aquilo pois não estava certo ele tinha a quitanda de frutas para abastecer e seus clientes para atender sem poder esperar e agora ele estava ali inválido diante de um pastor medonho que só sabia gritar e espernear e vimos que não tinha mais jeito e voltamos para casa abatidos empurrando seu corpanzil jogado em cima daquela estrutura de rodas pouco azeitadas travando no asfalto quente e depois de deixarmos vôinho melhor acomodado em sua poltrona que tinha ao lado uma caixinha de madeira cheia de pó de serra em que ele cuspia o fumo preto que ele mascava com prazer e agora nem isso mais podia pois o médico disse que fazia mal e um dia vôinho sentado nessa poltrona já sem os movimentos dos braços deixou seu membro flácido escapar pela braguilha escancarada para tentar ganhar o mundo com a ilusão de tornar-se de novo rígido para quem sabe ainda gerar o último filho e após o meu alerta envergonhado mãezinha Joana veio com seu cabelo curtinho e alvo e seu ar maroto andando devagar para guardar nostálgica aquele pedaço de carne inútil e comentar que o banho de vôinho só acontecia a cada oito dias e era sempre delicado levá-lo apoiado nos ombros e que transpor os poucos passos da sua poltrona até o banheiro era como atravessar um oceano inteiro escutando o barulho do chinelo do seu pé esquerdo dormente se arrastando no piso frio da grande casa construída por ele e alvo de disputa antecipada de um espólio que só fez afastar os irmãos já desunidos e quando aconteceu do caixão de vôinho ser levado pelas ruazinhas do seu vilarejo com o cemitério logo na entrada funcionando como um porteiro cansado de recepcionar e de se despedir ao mesmo tempo das raras pessoas que passavam ali em frente e depois a cadeira de vôinho ficou sepultada muito tempo em seu quarto até que um dia painho me mandou buscá-la não se sabe se para venda ou doação e a minha vergonha foi muito grande pois eu acreditei que todas as meninas da minha rua me descartariam por eu carregar um trambolho de ferrugem e poeira e isso me fez um paralítico igual a vôinho para sempre inerte com seu intruso membro flácido ansiando por liberdade e oxigênio naquele dia aproveitando para colocar a cabeça fora das calças frouxas apenas pelo gosto de apreciar a paisagem para lembrar de suas antigas aventuras.

Primeira

Desci as escadas e entrei na casa desocupada no térreo. Uma mulher e seus dois filhos me esperavam. Todos eram muito brancos, quase albinos. Ela me disse que havia conhecido meu pai, que ele era um homem bom. Éramos muito parecidos, segundo ela. Depois me perguntou o valor do aluguel. Perguntou se eu podia fazer por menos. Respondi que não. Ela, então, apelou. Disse que tinha perdido as pernas por causa do diabetes e recebia um salário por invalidez. Seus três filhos a ajudavam a fazer tudo em casa (a filha mais velha, estava na praia). Pedi comprovante de renda e referências do proprietário da casa em que ela estava morando. A mulher desconversou, adicionando mais drama à sua biografia. Mostrou um pedaço de papel que se esfarelou na minha mão. Dava para ler o seu nome e o valor recebido da aposentadoria. Eu disse que não era o suficiente. Ela respondeu que também recebia dinheiro do aluguel de uma casa lá depois do subúrbio, já em outro país. E por que a senhora não mora lá?, perguntei. A gente teve de sair de lá, ela disse, dando uma rápida olhadela involuntária para uma das tatuagens do filho maior. Suspirei fundo, a negociação seria demorada. Um dos garotos fez cara de choro: aquela era mais uma injustiça que a mãe deficiente estava sofrendo diante de outro dono de imóvel insensível e usurário. O magrelo estava sem camisa. No seu braço esquelético, a tatuagem de um palhaço sorridente. Todo mundo sabe o que palhaços risonhos fazem com policiais desarmados. Os olhos do pivete estavam sempre semicerrados, como se a fumaça de um bagulho o impedisse de abri-los. O outro, o gorducho, me espionava como se marcasse minha cara para se vingar depois. Todos eles eram muito bem treinados: em poucos minutos já me odiavam. Um arrepio me percorreu a espinha. Eu sabia que estava sendo enganado, mas aquelas pernas desconjuntadas se agitando por vontade própria, aquela cadeira de rodas enferrujada prestes a desabar e a se partir em vários pedaços bem na minha frente, aqueles meninos brancos e suas múltiplas caras, tudo foi minando minhas forças. Eu falei, o máximo que posso fazer pela senhora é alugar por três meses. Ela disse, fechado! Eu disse, mas a senhora precisa pagar a caução, um mês adiantado. Ela falou, amanhã eu trago. E a conta da luz e da água, a senhora vai poder pagar?, perguntei. Claro que sim, sou honesta, trabalho o dia todo vendendo água na sinaleira, ela respondeu. No dia seguinte, eles reapareceram. A filha não veio, continuava na praia. A mulher me deu o dinheiro. Ao conferir, vi que faltava. Ela me disse que me pagaria o restante em uma semana, o que nunca aconteceu. Em poucos dias, descobri que seus dois filhos eram habilitados não só para fazer cara de fome: revelaram-se também como duas formosas porta-joias na penteadeira do diabo. Batiam portas e janelas, balançavam os portões de ferro de madrugada, espatifavam copos e pratos nas paredes. Xingavam-se entre si das piores coisas. Eu vou te matar, seu desgraçado!, era o que se ouvia o dia inteiro. O aluguel atrasou três meses. Quando eu ia fazer a cobrança, eles pressentiam e se antecipavam. Apagavam as luzes, esperando o perigo passar. Um dia, eu cheguei da rua suado e faminto e cego e louco. Estava decidido a arrancar a mulher da cadeira e a esmurrar seus filhos, que na verdade não passavam de garotos. Péssima gente, mas garotos. Quando consegui expulsá-los do imóvel, aquela altura tomado por um lixo malévolo carregado de péssima vibração, de sangue misturado com pus. Exausto, me sentei na soleira e comecei a varrer o que restou da casa. Tomei cuidado para não envenenar meus pés com os minúsculos cacos de vidro invisíveis espalhados pelo chão.

Paper vil

Jérson, meu irmão mais velho, chegou todo feliz em casa anunciando que tinha arranjado uma *buceta nova*, palavras que ele fez questão de ostentar. Quando ele me mostrou as fotos, dizendo ser a melhor que já havia conseguido fisgar na vida, eu não tinha como discordar. Era um espetáculo. Logo foi possível compreender porque ele estava tão empolgado, exaltando todas as qualidades da aquisição, mesmo sabendo que aquilo tudo lhe custaria bem caro. Só que ele nem havia saboreado direito a conquista e já morria de medo de perdê-la. Me contou uma série de estratégias para proteger seu bem de consumo mais precioso, desde rastrear cada passo, afastá-la das vagabundas (como ele chamava as amigas da menina) e conquistar a confiança da família dela. Esse pavor tirou sua paz, o transformando num cara raivoso e desconfiado. Logo ele, um mentiroso tão dócil com as pessoas. Jérson ficava muito tenso quando Alexia se atrasava um pouco para um simples encontro ou se ela deixava de ligar no horário combinado. Ansioso, ele queria comê-la todo dia, pressentindo que talvez não a controlasse por muito tempo. Para bancar os presentes que ele dava tentando comprar o afeto da garota, fez amizade com Zé

Pezão. Deus do céu, logo com Pezão. O agiota dos agiotas. Ele e sua quadrilha tinham fama de humilhar os devedores em via pública antes de despachar o infeliz. A história de um homem se urinando na frente deles, em pleno largo da Igrejinha, era a mais conhecida. Contavam isso gargalhando. Eram várias versões: que o homem tinha sujado as calças; que havia se ajoelhado e, num choro convulsivo, beijou os pés de todos eles; que um deles, armado, obrigou o homem a dar beijinhos no seu pau enorme. Depois de conseguir pagar a dívida contraindo empréstimo com outro credor, talvez um credor com algum coração, o endividado abandonou casa, mulher e filho. Pois meu irmão fez pior do que forçar amizade com o sujeito: pediu dinheiro emprestado para levar a moça para um hotelzão de luxo num final de semana. Ela estava no auge. A *buceta* mais iluminada do que a piscina de borda infinita com vista para o mar. Eu vi as fotos.

Eu conhecia Alexia. Já havia percebido sua suposta beleza passando de bicicleta, algo que nunca surtiu efeito em mim. Por um motivo muito simples: conheço o meu lugar. Desfilar com uma daquelas jamais faria parte do meu roteiro, muito menos do meu bolso. Na verdade, eu a desprezava para não alimentar uma ilusão. Além disso, minhas preocupações eram outras. Eu tinha terminado o segundo grau com atraso e patinava no intervalo pantanoso no qual as coisas se arrastam com sofreguidão, principalmente para quem não consegue entrar logo na universidade, nem que seja para estudar contabilidade. Eu lia os classificados na esperança de achar um anúncio que não exigisse referências de trabalho anterior, foto três por quatro ou boa aparência. Na opinião de quem pensava os anúncios, boa aparência só quem tinha era Alexia, mas ela não precisava trabalhar. Eu passava a maior parte do tempo lendo o que eu conseguia com um e outro, pois nem sempre eu tinha o dinheiro da passagem até a biblioteca pública. Alguns livros eram muito ruins e eu, no íntimo, dizia para mim mesmo que me sentiria péssimo se escrevesse mal daquele jeito, ainda mais com meu nome estampado na capa. Ao mesmo tempo, eu sentia repulsa e pena dos maus escritores. Mais ainda dos maus escritores arrogantes. Mas eu lia tudo deles até o fim, mesmo que às vezes eu pulasse as páginas mais sofríveis. As pessoas me discriminavam por causa da leitura. Eu era chamado de 'doutor vagal' e de 'bibliotecário da VASP' (a célebre Vagabundos Anônimos Sustentados pelos Pais). Eles não sabiam, mas ler foi o que me impediu de me meter em confusão na época, como ficar olhando muito para Alexia e terminar me envolvendo. Sem os livros, talvez ela não fosse assim tão desprezada e surgisse um desentendimento enorme e irreconciliável entre Jérson e eu, um atrito invasivo como um câncer voraz nos consumindo a todos. Mas a leitura me deixava isolado. Eu alterava diversos trechos nos livros, mas nunca senti culpa por isso. É horrível, eu sei, mas eu não me controlava e fazia anotações até nos que eu tomava emprestado. Jamais reclamavam. Ninguém lia o que tinha em casa.

Abriram um shopping novo num bairro com aspirações de receber apenas gente metida a besta. As propagandas tentavam vender o lugar como uma ilha da fantasia, arborizada, com segurança total e frequentada por *gente bonita*, seja lá o que isso fosse. Fui lá, com os dados do anúncio anotados num pedaço de papel. Cheguei de manhã e só consegui uma senha para o final da tarde. Almocei dois picolés, uma pamonha e um pacote de amendoim já amolecido e amargo. Para minha sorte, não levei nenhum livro comigo. Você gosta de ler, a entrevistadora perguntou. Não, prefiro ver televisão, só leio o horóscopo, respondi. E o que você gosta de fazer no tempo livre?, ela indagou. Procurar uma primeira oportunidade pra desenvolver todo meu potencial, eu disse. A cretina abriu um sorrisão. Terminei sendo contratado por um período de experiência. Eu ia trabalhar na primeira pista de boliche da cidade. Até então, a única referência que eu tinha do esporte era Fred & Barney arremessando pedras de formato irregular em Bedrock. Éramos seis pivetes crescidos que, em comum, além da cor da pele, tínhamos nossas megalomanias particulares. Um delirante queria ser piloto de avião. Outro maluco, médico. E um, ainda mais abestalhado, engenheiro do ITA! Eu não disse a eles o que eu queria ser. Eu sentia vergonha. Também eu não estava disposto a explicar a eles como pretendia ganhar a vida trabalhando com aquele tipo de coisa inútil. Éramos até unidos. Havia, entre nós, algo muito parecido com solidariedade, pois nossas histórias de vida eram semelhantes, aquelas dificuldades de sempre. Além de fazer a limpeza completa dos equipamentos, tínhamos de arrumar os pinos derrubados pelos bacanas que podiam pagar por uma hora de jogo, pelo consumo do bar. Eles nos ofereceram treinamento por uma semana, com direito a lanche e transporte. Também testamos as pistas e deixaram a gente experimentar um pouquinho alguns arremessos. Os caras pareciam ter ciúme dos equipamentos, como crianças mimadas que não tiram brinquedo novo da embalagem para não arranhar. Só sei que eu já me sentia rico. A gente precisava ficar observando, por um discreto buraco no painel, a movimentação das pistas. A bola era arremessada e ouvia-se o barulho vindo, vindo, vindo, acelerando, acelerando e crescendo, até implodir os pinos fazendo um barulho dos infernos. No início, eu gostava do som das esferas rolando sobre o piso de madeira e o da explosão dos pinos espalhados, mas a repetição me tirou a pequena alegria. Se acontecesse logo um *estraique*, tínhamos de apertar o botão da luz vermelha enquanto colocávamos, o mais rápido possível, os pinos em pé com ajuda de um grande triângulo vazado de madeira. Depois apertava-se a luz verde. Certa vez, um otário lançou a bola enquanto eu, distraído, ainda recolhia os pinos. A pancada deixou um pitombo na minha canela por vários dias. Eu ouvi a gargalhada dos filhos da puta, mas não pude fazer nada. Às vezes, quem lê muito termina perdendo o ímpeto de socar o nariz de quem merece. Só sei que esse era o meu trabalho das duas da tarde às dez da noite, de terça a domingo. Eu ganhava pouco, mas pagar a conta da luz era um alívio. Também pude comprar meus primeiros livros novos que eu lia durante o meu dia de folga, exceto quando o quarto de Jérson era transformado em motel.

Quando meus pais não estavam, Jérson sempre levava a *buceta* a tiracolo. Mesmo sabendo que eu estava no meu quarto sufocante colado ao dele, maior e arejado, eles trepavam bastante. Tudo até seria normal, se a casa alugada onde a gente morava tivesse ao menos um forro ou uma laje, com o mínimo de amortecimento acústico. Entre as paredes e o telhado o vão era grande. Se fosse preciso, dava para passar a mobília de um cômodo a outro. Todos os ruídos vazavam por ali. Quando alguém ia ao banheiro, eu tampava os ouvidos com almofadas e lençóis dobrados, mas isso era inútil e eu morria de nojo a cada estrondo que contaminava a casa inteira. Eu até tentava continuar lendo, mas o barulho úmido da penetração vigorosa, era a sinfonia erótica da minha alucinação. Ela gania rouca e baixinho e enfiava a cara no travesseiro no momento de gozar, enquanto ele urrava tentando se conter. Eu escutava tudo com clareza (sobretudo os tapas e safanões que ela pedia) e, àquela altura, eu também já estava todo enfiado dentro dela lembrando dos detalhes que eu via nas fotos e me masturbava com fúria pensando no rosto lascivo de Alexia. Muitas vezes gozávamos os três, sincronizados e arfantes. Eles não me ouviam, mas depois eu sentia uma grande culpa enquanto me limpava. Eu prometia jamais fazer aquilo de novo, mas a promessa nunca era mantida. Quando eu resistia, ia para sala e ligava a tevê com o volume bem alto ou então saía e dava umas voltas sem sentido numa pracinha suja e empoeirada perto de casa. Não foi uma vez nem duas que eles passaram por mim logo depois de saírem do quarto, suados e sonsos, e falavam comigo como se tivessem acabado de chegar de uma sessão de cinema. O cheiro de sexo flanando pela casa toda.

Além dos meus pais, Jérson também não parava em casa. Ninguém sabia o que ele fazia na rua o dia inteiro. A gente também não conhecia a família da *buceta*. Moravam numa parte do bairro que era até asfaltada, mas que também não era lá essa coisa toda. Jérson dizia estar cansado de fazer bicos, da dificuldade para arranjar trabalho, mas a gente conhecia sua imensa capacidade de mentir enquanto afagava nossos cabelos. Ele só concluiu o ensino médio num supletivo noturno depois de perder três anos consecutivos na mesma escola em que estudei, mas detestava se imaginar num emprego que exigisse cumprimento de horário e outras chatices em troca de salário fixo. Não ficava mais de duas semanas no mesmo lugar, mas daquela vez ele dizia que seria diferente, pois havia o vício para bancar, uma *buceta* ruiva ainda por cima, raríssima, de manutenção mais cara e cheia de caprichos. Ele ainda reclamava que as coisas só pioravam por causa da idade dele, já acima dos trinta, a caminho do banimento etário que o mercado impõe. Eu queria um vestido lindo que vi numa loja, ela dizia. E ele ficava transtornado, numa correria insana até conseguir comprar o diabo do vestido, sapato ou estojo de maquiagem. Em suas palavras, ele chegou a cogitar uma troca de Alexia por uma *buceta* mais em conta. Até uma mais velha servia, ele explicava, desde que ainda pudesse ser usada, exibida aos amigos e, de preferência, que o sustentasse. Aprenda uma coisa: carro e buceta, quanto mais novos e bonitos, mais caros. Na época de você comprar a sua, vá se preparando, ele me disse um dia. Fiz um cálculo rápido e vi que meu salário seria pulverizado se eu comprasse uma para mim, mesmo de segunda mão. Quando ele soube que eu estava trabalhando num shopping, me deu um tapão no ombro, sorrindo de felicidade por mim, mas só eu sabia o significado: ele ia me pedir dinheiro emprestado como fez com Pezão. A diferença era ele não correr o risco de ser trucidado nem ser obrigado a se ajoelhar para beijar um pau enorme em praça pública quando ele me quebrasse. Foi essa nova fonte de renda que deixou meu amado irmão tão feliz.

Num dia de pouco movimento, eu lia escondido na minha cabine quando ouvi o sinal da pista a ser ocupada. Fechei o livro um pouco contrariado e, ao olhar pelo buraco, vi Jérson de mãos dadas com a *buceta* ruiva toda maquiada lá na outra ponta. Depois chegou um povo estranho que, pelo tipo de roupas e tênis, pertencia ao mundo do troféu pubiano do meu irmão. Ele até parecia um deles, bem vestido e todo soltinho, esbanjando intimidade com os atendentes do bar. Pela fresta, observei que Alexia aprendia rápido a manha de soltar a bola no momento certo. Com a movimentação suave e harmônica do seu corpo esguio, ela fazia mais *estraiques* do que todos eles juntos. Jérson, narcisista e imaturo, queimou vários arremessos pirotécnicos que terminavam lançando a bola na canaleta, a humilhação suprema. Todos tiravam sarro dele. Acreditando fazer parte de uma elite, mesmo falsa, ele estava muito à vontade no seu melhor papel: o de palhaço de periferia vestindo gola polo de lacoste pirata. Usaram a pista por quatro horas, consumiram o que aguentaram e, quando chegou a conta, adivinha quem pagou tudo sozinho? Pois é. Para ajudar nas despesas em casa ele não tinha.

Um dia, voltei mais cedo. Faltou luz na região do shopping e, a contragosto, nos liberaram. Antes, nos fizeram limpar tudo que ainda permanecia limpo. Eu tinha passado para conferir as promoções numa livraria do centro antigo, prestes a fechar as portas. Comprei uns dez livros escolhidos sem muito critério. O importante era ler todos os dias. Quando abri a porta, me deparei com ela sozinha no sofá, a TV ligada sem mostrar nada além de chuviscos na tela. Passei em direção ao corredor sem cumprimentá-la e me fechei no quarto. Jérson não estava e isso me deixou atônito. Estar sozinho com aquele bucetaço depilado me fez lembrar dela ganindo baixinho. Tentei me concentrar arrumando os livros numa prateleira improvisada, mas se eu tivesse prestado a mínima atenção quando cheguei, eu teria notado que ela estava chorando. Ouvi batidinhas na porta do meu quarto. Fiquei de pau duro, meu coração deu vários saltos, mas não foi o que imaginei: ela queria apenas desabafar o inferno vivido com meu irmão. Nem deu tempo dela começar a falar, pois logo depois ele chegou, agitado, com os olhos trincados e falando alto. Foram para o quarto dele. Por cima da parede separando os cômodos observei o que faziam. Tentei acompanhá-los no mesmo ritmo, mas fui perdendo a vontade. Nesse dia, Alexia permaneceu muda o tempo todo, sem poder escapar das estocadas hostis. Refiz a promessa sem precisar me limpar.

A gente até imaginava como Jérson conseguiu dinheiro ao surgir com a novidade do curso de computação. Ele disse que trabalhar sentado e tomando cafezinho numa sala com ar-condicionado era o seu destino, que, ao terminar os módulos de basic-cobol-lotus, ele logo arranjaria colocação numa firma, indicado como um dos melhores alunos. Ele descrevia as maravilhas que só um pentium quatro-oito-meia e um disquete de cinco polegadas eram capazes de fazer. Eu nunca tinha visto um computador de perto. Uma noite, estávamos tomando café quando ele abriu a porta e largou os módulos do curso em cima da mesa com estardalhaço. Meu pensamento foi tolo: enfim ele conseguiu um emprego que vai segurá-lo por mais tempo. Mas tudo que ele fez foi nos explicar, com calma inusitada, como tinha perdido de uma hora para outra a *buceta* de sua vida. Até parecia consciente da perda, não mudou o comportamento durante alguns dias, mas daí em diante meu irmão faria pior ainda do que pedir dinheiro emprestado a Pezão: começou a trabalhar para ele. Passou a ficar vários dias fora de casa. Sem habilitação, ele dirigia um escort XR3 de chassis adulterado para fazer as diligências. Cada vez que reaparecia, trazia um ar mais sério e dormia o tempo todo. Nunca trazia dinheiro, mas uma vez trouxe umas compras desconexas, com produtos de marcas que nunca vimos e em quantidade exagerada que jamais consumiríamos. Jérson emagreceu bastante, raspou a cabeça e deixou crescer bigode e cavanhaque, ficando parecido com uma versão abatida e parda de Toninho do Diabo. Só faltou andar de chapéu. Seu aspecto nada agradável deve ter sido um motivo a mais para ele ser expulso da tal elite que tanto admirava. O carro e a glock na cintura atraíram várias *bucetas* suicidas de todas as cores e formatos, consistência e sabor, mas por nenhuma, imagino, ele tinha muito carinho. Ele procurou Alexia várias vezes, mas ela permaneceu irredutível: estava apavorada. Ela só percebeu muito tarde e da pior forma que as coisas tinham saído do controle. Após espancá-la, ele estuprou a menina nos escombros de uma antiga fábrica de chocolate. Depois, jogou ácido desfigurando seu rosto. Por último, a esquartejou, recortando com muito cuidado o triângulo de sua obsessão e colocando a buceta no bolso da calça ao sair dirigindo.

Tudo isso já faz tanto tempo que nem tenho tanta certeza se aconteceu assim. Ao lembrar as últimas vezes que nós o vimos, o clima é de sonho febril em várias noites mal dormidas. A única coisa mais ou menos precisa e bastante real que permaneceu foi a nossa obrigação de abandonar a casa às pressas, logo após o corpo todo quebrado de Jérson ter sido encontrado num matagal, num contêiner de lixo, no porta-malas de um escort incinerado às margens da BR.

Gradisca

Pra começo de conversa vou logo avisando: não sou puta. Nunca fui. Posso ser tudo, menos isso. Vocês gostam é de condenar as pessoas. Dar uma de moralistas. Moralistas sem moral nenhuma, isso sim. Julgam sem dar chance de defesa, sem conhecer o outro lado da história. Já vão logo pregando uma placa na testa da pessoa: culpada, vagabunda, dadeira. Não sou de falar muito. Só resolvi falar com vocês agora porque não ia mais suportar calada o que falam de mim. Eu precisava reagir. Estou pouco me importando se vocês não acreditarem no que vou dizer. Tenho minha consciência tranquila. Só quero viver em paz com meu filho. Só espero que nenhum de vocês investigue o passado de suas famílias. Quero ver se algum de vocês resiste à maldade dos seus parentes. Vocês, moralistas, que apontam o dedo e mostram como as coisas têm de ser, deviam cuidar de suas vidas em vez de fazer intrigas com a miséria alheia. Eu tenho é nojo de vocês.

Pois muito bem. O doutorzinho chegou hoje. Eu já sabia que ele vinha pra assinar os papéis. Quando escutei a campainha insistente, eu já sabia que era ele. Sempre quer ser atendido na mesma hora, senão fica irritadinho. Eu não sei como se cria um filho assim e se entrega pro mundo. Desci enxugando minha mão no avental e andando devagar. Minha barriga crescia rápido. Mal abri o portão, ele passou por mim como um filho de satã. Resvalou seu ombro no meu e eu senti todo o ódio que ele carregava dentro dele. Eu fui fazer minhas coisas, tinha de preparar o almoço do velho. Enquanto acendia o forno, pensei que a reação do doutorzinho mostrava o que ele sempre foi. Desprezível igual ao pai. Estava mudado de corpo, mas seu nariz em pé era o mesmo. Estava mais maduro, mas não conseguia esconder na cara amarrada a birra de criança. Ver que ele jamais cresceria de verdade me deixou nervosa. Foi doloroso reconhecer isso. Entrou calado, não olhou pra minha cara, mas deve ter visto minha barriga. Subiu as escadas com sua mala brilhante. Eu cheirava a tempero, mas ele cheirava a perfume bom, sua vida devia estar indo bem. Se eu tivesse a infância que ele teve, minha vida também seria boa. Assim é fácil, ter tudo na mão. Mas eu não posso reclamar. Hoje, não mais. Pois ele subiu, ofendido e todo duro. Entrou no seu quarto, trancou-se lá dentro. É triste, mas percebi que o doutorzinho ia morrer com aquela amargura, levando seu orgulho pro caixão. É um fraco. Mulher forte não gosta de homem fraco. Aliás, mulher nenhuma.

Eu soube da história cheia de palavra bonita que ele contou pras pessoas. Se bem conheço a peça, deve ter ficado com o peito inchado de pavão. Ouvi dizer que ele fez sucesso. Tem gente que gosta de quem se faz de vítima. Eu não tenho a capacidade de falar bonito como ele, mas não é por isso que eu ia deixar ele reinar sozinho. Quem se acha o dono da verdade sempre precisa ouvir umas coisas. Quando a historinha bonita dele começou a circular, só faltaram me pregar na cruz. Enfrentei um tribunal em todo lugar que eu ia. Me apedrejaram como tentaram fazer até a morte com a infeliz da Madalena. Só que ele inventou muita coisa a seu favor, me pintando como um demônio de buceta e saia. A verdade é uma só: ele não só escutou atrás da porta eu transando com o pai dele no quartinho dos fundos, como ele contou. Ele me viu foi ajoelhada, chupando o velho. Isso era insuportável demais pra ele admitir. Um fraco. Se ele fosse homem de verdade, teria dado até uma surra no pai e ficava comigo, mas não. O que ele fez? Saiu pela rua correndo, sumiu dois dias. Disse que dormiu na praia. Eu nem sei se isso foi verdade. Medroso como ele é? Duvido muito. Ele deve ter se escondido na casa de algum parente. Ele jamais me entenderia. Pra eu fazer aquilo eu devia estar transtornada, mas foi a única saída que encontrei. A saída mais fácil e rápida pra escapar do vexame de não ter o meu próprio canto. Eu não queria esperar mais. O doutorzinho nunca me deu garantia nenhuma. Eu não era do seu mundo. Ele não me considerava à sua altura. Sempre me achou burra. O velho, pelo menos, prometeu que eu ganharia algo concreto. Como é que o povo fala mesmo hoje em dia? Isso. Liguei o foda-se.

É duro reconhecer, mas fui mulher de dois desgraçados. Um novo e um velho. Não sei qual foi o pior, o tempo vai dizer. Homem diz que ama, mas gosta mesmo é de maltratar mulher. Todos eles são assim. E quando me comiam, era aquela coisa sem sal. Nunca me fizeram gozar. Nem me chupando do jeito que eu ensinava. Fingi todas as vezes. Ainda tive de suportar isso. Se eu quisesse sentir algo de verdade, eu que me virasse sozinha. Tomara que meu filho não saia a nenhum dos dois. O velho era safado, de um tipo que não gosto. Deu em cima de mim. Eu tava sozinha na sala. Esperava o filho dele sair do banho. Veio com conversinha. Odeio homem que trata mulher como idiota. Se querem minha xota, que me tratem direito. Pois o velho veio com conversinha. Uma, duas, três vezes. Eu me fazendo de trouxa. Tratava ele de "meu tio" e tudo. Porque ele nunca demonstrou ter a idade toda que tinha. Era forte. Até a doença pegar ele, sua memória era boa. Mas sempre foi um nojo. Quando a velha morreu, senti tristeza e alegria. Morreu, mas se livrou do sofrimento. Ter de aguentar a vida inteira um homem daquele não deve ter sido fácil. Ele chegava, ela ia preparar o banho. Ele se sentava na mesa, ela ia correndo colocar a janta. Ele espirrava, ela fazia chá. O tempo inteiro foi isso. Coitada da velha. Ô, tia, descanse em paz. Eu gostava da senhora. Sua alma era boa.

Nem o velho nem o doutorzinho procuraram conhecer minha vida. Enxergavam em mim apenas uma cachorra, uma doméstica barata. Uma vadia baixinha com um corte grande no meio das pernas e com vários furos no corpo. Buracos quentes pros seus paus finos de porra fraca. Não sei que milagre o doutorzinho um belo dia resolveu ir comigo na casa de mãe. Levou até uma coisinha pra agradar. Fingiu interesse, mas ficou observando o cupim no telhado, o mosquiteiro rasgado no meu quartinho cheio de mofo, o fogão à lenha que enfumaçava tudo, a cortina de plástico encardido que servia como porta do banheiro. O vaso sanitário sem tampa. O balde com água da pia que era nossa descarga. Eu vi a insatisfação na cara dele. Pelo bairro com esgoto a céu aberto. Por minha mãe ter aquele cabelo. Eu reparei o jeito como ele apertou a mão dela ao se despedir recusando o almoço. Com as pontinhas dos dedos, evitando contato. Foi naquele momento que senti uma onda de calor me estrangulando o peito, dizendo: é o fim. Ele nunca soube o que senti, mas depois reclamou da minha frieza. Lembro do primeiro encontro, o dia em que levei uma queda e fiquei imunda. Eu não sabia que logo depois eu me afundaria num tipo de lama ainda mais suja. Só comecei a sair com o doutorzinho porque na época minhas colegas me isolavam. Eu não tinha muito o que conversar. Elas só falavam das safadezas que aprendiam a fazer com os namorados e eu queria fazer parte do grupo das meninas espertas que davam. Mas também aprendi rápido. Tanto que tentei ensinar aos infelizes, mas nenhum dos dois fazia direito.

A primeira vez que vim aqui, meus olhos cresceram. Era uma casa muito confortável. Os cômodos espaçosos e ventilados. A mobília de primeira. Um armário embutido divino. Suíte e área verde. Valia muito, não sei quanto. Dava pra comprar dez casas de minha mãe. Talvez vinte, não sei. Em pouco tempo vim morar com eles, mas eu trabalhava muito. Limpava e arrumava tudo. Fazia as compras, ajudava na cozinha, atendia a porta. Só faltavam assinar minha carteira. A casa foi ficando do meu jeito. A velha ainda era viva. Ela gostava, dizia que eu era jeitosa. Em pouco tempo, quando eu chegava da rua, me sentia reconfortada aqui. Certo é que eu me apeguei à casa. Pra mim, eles eram meus hóspedes.

Não sou burra. Nunca fui. Mal a velha foi colocada no caixão, o velho ficou doido. Começou a me infernizar. Queria afastar o doutorzinho. Eu comecei a ficar de frete, a provocar. O velho enlouquecia mais. Eu colocava um short curto. Cruzava as pernas. Andava sem calcinha. Roçava meu pé no dele na hora da novela. Os três no sofá. O doutorzinho não percebia nada. Era muito lerdo. Sempre foi. O velho se achava inteligente, mas também era burro. Não viu que eu faria tudo, me rebaixaria a qualquer coisa. Que eu teria sangue frio pra esperar o tempo que fosse necessário pra me tornar dona de tudo. Por alguma espécie de milagre, engravidei da porra rala do velho no mesmo mês que ele descobriu sua doença. Logo depois, outro pequeno milagre me favoreceu. Chegou notícia do outro filho, mais velho que o doutorzinho. O que andava sumido pelo mundo. Só reapareceu na forma de uma mulher fantasma que bateu aqui na porta. Meu nome é Cassandra, ela disse. De cara já fiquei puta com esse nome. Me fez lembrar de outra desgraçada que cruzou o meu caminho. Me perguntou se podia entrar. Quase não deixei. O velho ouviu a mulher contar sobre os últimos anos do filho perdido. Desde pequeno, o filósofo nunca se deu bem com a família. Preferia a companhia dos livros, sempre isolado. Fugiu de casa aos oito, aos onze, aos dezesseis até deixar tudo pra trás assim que fez dezoito. O doutorzinho só o conhecia das velhas fotografias. Cassandra conheceu o filósofo numa cidade minúscula perdida no norte do Brasil, foi assim que ela falou, *minúscula*. Chegou a um ponto que comecei a ficar com dor de cabeça com tanta história. Não tive paciência de escutar tudo e a todo instante voltava à cozinha fingindo fazer alguma coisa. O filósofo pegou uma doença da região, ela explicou. Ela parecia conhecer muito sobre a doença, mas eu esqueci o nome. Usaram ervas, chamaram os índios pra curá-lo, mas ele foi definhando, perdendo a vontade de lutar e se entregou. Cassandra disse que por muito tempo ela procurou a família pra dar notícias, mas não existia muita informação ou então só havia as pistas falsas que o filósofo passava. O velho ficou calado o tempo todo. Parecia uma múmia. Sua pele estava descamando. O resto do calor que ele tinha nos olhos desapareceu ao ouvir aquela história. Pro azar da mulher, ela não engravidou como eu. Eu não tirava os olhos dela. Era uma cabo-verde, roliça e forte. Apesar de tantos detalhes sobre sua convivência com o filósofo, farejei algum tipo de picaretagem. O velho entendeu o que eu não falei. Mandou eu dar algum dinheiro à mulher que saiu, chorosa. Depois disso, ele ficou com receio. Eu nem precisei falar nada. As coisas se resolveram sozinhas. Ele adiantou os papéis com o advogado e passou a casa pro meu nome. O doutorzinho já tava morando longe, mas ficou com a maior parte. O mercado e o sítio. Eu não ficaria devendo nada a ele.

O doutorzinho estava no quarto do velho, que não estava se sentindo bem. Tossia aquela tosse dele até ficar sem ar. Já falei que o melhor seria a internação, mas o velho explode de raiva quando falo isso e tosse mais. Ele tem pavor de hospital. Então, me calo, aliso minha barriga e espero. Esperar eu sei. Da entrada do quarto, fiquei olhando pra cara dos dois. Eles nem perceberam. Como eram parecidos. Eu não queria que meu filho fosse igual a eles em nada. Parir um pequeno verme seria um grande castigo. Estavam lá dentro, muito preocupados em se odiar por causa de uma mulher que nem souberam chupar direito. Nunca me conformei com isso. Eu só escutei o início da conversa, depois me afastei.

Agora que já desabafei, eu espero que vocês me esqueçam. Finjam que eu nunca existi. Procurem outra pra julgar no tribunal mesquinho de vocês, cheio de gente errada usando capa preta de juiz. E só pra encerrar a conversa: não sou puta, mas também não sou santinha. Nunca fui. O filho doutor foi embora no outro dia, nem vi a hora que ele saiu. Mas eu tava tranquila, todos os papeis tinham sido assinados. Já o velho piorou muito. Não queria comer nada. Não tinha mais força nem pra tossir. Fiquei em dúvida se chamava um socorro ou se assistia quieta o seu fim. Sua respiração estava bem fraca. Passei um tempo observando aquela criatura sem sentir nada. Resolvi subir na cama. Fiquei em pé. Olhando de cima, ele me pareceu um fiapo tristonho. Ele não se movia, apenas me investigava com seus olhos miúdos querendo descobrir o que eu pretendia. Me coloquei à altura do seu rosto pálido, suspendi meu vestido e fui me agachando devagar. Puxei minha calcinha pro lado e comecei a me esfregar nele com força, me segurando com uma mão na cabeceira da cama.

Ele estava trêmulo, as mãos suavam frio. Quanto mais eu me esfregava, aumentava a sua agonia. Cavalgando em sua cara murcha, senti os tapas inofensivos que ele dava em minhas pernas, tentando respirar. A possibilidade de antecipar o seu fim foi me deixando úmida. Acelerei o ritmo dos quadris, fazendo estalar a estrutura de madeira da cama. Rebolando cada vez mais rápido, larguei todo meu peso sobre seu rosto até sentir um gozo repugnante, uma dor aguda que me rasgou a coxa direita.

Quando terminei, saí logo de cima dele, que permaneceu quieto como um cachorro triste de febre. Fui pro banheiro ajeitando meu vestido. Sentada no vaso pressenti que a tosse maldita do velho não duraria muito. Mesmo depois que ele morresse eu sabia que a minha fome não ia passar.

Blecaute

Assim que chegou ao subsolo sem iluminação, conferiu o roteiro do dia. Reconheceu o mais antigo dos endereços e sentiu um calafrio. Cogitou trocar de escala, mas seria impossível. Ele era o único terceirizado disponível para cobrir a área e seria desgastante enfrentar a interpelação da chefia. Foi ao vestiário, colocou o macacão azul e um capacete amarelo que destacava os olhos negros. Checou os óculos de proteção, as botas de solado grosso e as luvas reforçadas. Saiu com a prancheta na mão. Bateu a porta do veículo com mais força que o habitual. Passou pelo portão dirigindo, sem despedir-se de quem estava na guarita.

A vizinhança em que ele deveria cumprir a ordem de serviço era festeira, costumava virar a noite com o som nas alturas. Ali também se organizavam mutirões para bater lajes ou assentar cumeeiras, mas com o tempo o bairro foi se tornando refém de si mesmo. Surgiram as rondas dos camburões e os primeiros executados nas esquinas. Os toques de recolher impostos por períodos cada vez mais longos. Desse ambiente, ele manteve em intacta memória o avistamento do mundo, o primeiro retrato ainda no colo do pai. Muitas vezes até pensou em revisitar as feições da casa envelhecida, mas todos os vestígios tinham sido sepultados quando se mudaram. Incluindo o seu velocípede em forma de jipe da Segunda Guerra e a coleira desfiada de Lupita.

Fazia calor. Ele estacionou para comprar água. O líquido gelado no rosto trouxe à tona o sonho da noite anterior. Numa catedral, ele era forçado a receber uma condecoração unânime como o Grande Lacaio do ano. No momento do seu discurso obrigatório, o público se levantou virando-lhe as costas. Em seguida, sem explicações, ele foi retirado às pressas do local e conduzido por uma porta estreita. Foi amordaçado numa saleta sem ventilação. Sentia o coração sufocado se debater nas trevas.

O pesadelo exumou recordações de um abismo. Reencontrou a família recolhida sob a luz de tocos de vela. O pai amuado num canto, cigarro entre os dedos, único ponto rubro-luminoso no breu da casa enlutada. TV e geladeira inoperantes não se sabia por quanto tempo. A irmã cabisbaixa, trancada no quarto, impedida de estudar. A mãe diligente, sempre ajeitando as coisas, saindo em busca de querosene para acender o candeeiro. Viu-se na época em que o simples barulho de um carro estacionando na rua dava medo. Durante o trajeto, ele ainda se permitiu escutar os murmúrios de um tempo redivivo. Afastado das origens, soube apenas do destino de Luzia, o rosto visto por acaso, estampado em cartaz contra violência doméstica: tinha sido esfaqueada mil vezes pelo marido assassino. Ao lembrar do sorriso de dentes tão alvos da amiga distante, sentiu-se mil vezes ingrato por jamais ter feito uma visita à família devastada.

Voltou a dirigir com má vontade. Decidiu que deixaria sua gênese por último e continuou circulando por outros bairros. Executou as notificações, enviou dados para a central e lacrou medidores. Nesse meio tempo, percebeu como se comportavam diante do seu poder provisório de condená-los à escuridão instantânea: uns se mostravam agressivos; outros, ressentidos. Já era início da noite quando contornou a praça e desceu pela mão única. A antiga rua sem saída, entrecortada por becos, mantinha o mesmo aroma de café moído vindo da fábrica extinta. Notou portas e janelas fechadas, como se pressentissem uma terrível ameaça se aproximando. Desceu do carro e adivinhou os olhares investigando a vida alheia através das gretas. Acendeu a lanterna para conferir o número do imóvel. Pensou que aquela casa fosse predestinada a viver sempre às escuras, como uma caverna ocupada por sucessivos inquilinos sem condições de manter a própria claridade. Diante dele, um medidor de instalação ordinária, prestes a despencar. Bateu palmas. Ninguém respondeu. Na última tentativa, fez ecoar pela varanda o nome da companhia de energia. Um menino e um velho apareceram. A criança tímida era mais decrépita do que o possível avô. Ele pediu, constrangido, para conferir os recibos. Com cinco meses de atraso, era um milagre ainda ter luz. Pensou em simular o corte para dar um tempo extra e negociar a dívida, mas o homem sequer esboçou um apelo. Sentindo-se culpado, abriu o compartimento do medidor, enquanto sua infância saltava novamente do escuro. Recordou-se do pai cego e desorientado, já à beira da morte, com a cara enfiada na parede. A visão corroída pelo diabetes. Sentiu-se tão velho quanto o menino que acabara de sumir pelos grotões da casa. Lacrou o aparelho ainda sob o olhar resignado do homem. Queria terminar logo a tarefa e sair dali, mas com o novo protocolo, faltava o procedimento que impediria uma provável religação clandestina. Do suporte no teto do veículo, retirou a escada. Subiu no poste mais afastado e submerso pela fiação. Com dificuldade identificou o fio inadimplente.

Lá do alto, ele tentou enxergar a casa onde havia nascido, a mesma ocupada pelo homem velho e o menino, agora oculta por uma espécie de fuligem. Desconcentrou-se ao perceber que tudo se consumia. Uma chave de fenda escapuliu da mão. Os óculos de segurança escorregaram em queda livre. A operação simples terminou se prolongando. Quando foi possível finalizar o corte com um alicate, no exato instante do estalido, ele percebeu um clarão iluminando a rua inteira. Avistou, então, a velha guarda em sua formação original saindo em cortejo para examinar a origem do brilho radiante. As mulheres sempre mais observadoras. Os homens com suas brincadeiras de duplo sentido. Lá embaixo, os meninos exibindo seus valiosos apetrechos: espadas imaginárias feitas de cabos de vassoura, bola de futebol cheia de furo. Por ali, também desfilavam as garotas mais crescidas com seus vestidos de filó e cabelo perfumado, ansiosas pelo primeiro romance. Impelido a descer a escada, ele quase se desequilibrou no último degrau, mas evitou a queda ao se amparar nos ombros de uma certa menina retalhada cujo sorriso ainda luzia.

Clube dos niilistas

À dança dos parvos eu me uno,
colocando-me na dianteira do desfile,
pois vejo ao meu redor uma montanha de livros
que não leio e nem consigo entender.

SEBASTIAN BRANT

Recordo com exatidão a manhã em que cheguei ao santuário, a setenta e três quilômetros da capital. Eu havia acordado bem cedo. Arrumei minhas coisas, deixei as últimas recomendações com o porteiro do prédio e me sentei para reler, pela décima-nona vez, o convite impresso em papel especial. Mandaram me buscar no horário combinado. O carro era bem confortável. No trajeto, fui calado, revendo minhas anotações e também evitando conversa com o motorista. Fechado em meu mutismo, me senti muito envaidecido com a proposta desde os primeiros contatos. Recordei o tempo em que fui discriminado por sempre preferir o cheiro de livros a me envolver com gente. Considerei como uma recompensa justa pelo tempo dedicado à leitura. Na verdade, eu sempre tive certeza de que esse dia chegaria.

Na recepção, recebi as chaves do meu quarto e um manual com a história da instituição, orientações e contatos de pessoas que só deveriam ser chamadas em casos de extrema urgência. Depois, fui encaminhado ao setor responsável para cadastrar meus dados pessoais, assinar o contrato, assim como diversas outras formalidades. Já haviam feito a descrição do lugar para mim, que achei um exagero. Entretanto, ao colocar os pés na extensa varanda de azulejos originais do século XIX, descobri que foram até tímidos. Era um cenário impressionista. A área verde era ocupada por inúmeros bangalôs dispostos em fileiras circulares em que residia uma parte dos santuaristas. Havia diversas alas com vista para o mar. Mais afastada, via-se uma corredeira e um riacho de água ferruginosa. O silêncio tinha o dom da levitação, bastando fechar os olhos e respirar. À esquerda do casarão principal, um pomar colorido convidava para um passeio protegido do sol. Eu precisaria de muito tempo para explorar todo aquele espaço. Meu alojamento era, na verdade, um amplo estúdio afastado dos blocos principais. Tinha um sofá verde-claro, frigobar vintage, uma estação de trabalho com computador, um closet, uma cama larga com o tipo de colchão que eu gosto e uma janela com vista para o pátio principal. O banheiro e a cozinha cheiravam a coisa nova. Tomei um banho. Pedi para almoçar no quarto. O serviço chegou rápido. No resto do dia, reli o manual e pesquisei sobre cada um dos sessenta e sete santuaristas. Um número que sempre oscilava. O silêncio do lugar, às vezes, era interrompido por uma gritaria que lembrava a de um grupo revoltado e disposto à luta. Quando me ofereceram o cargo de nobre-leitor, repleto de vantagens, incentivos e salário generoso, mal escutei as advertências. Nem fiz questão de lembrar do que se falava nos bastidores sobre os antigos ocupantes do cargo.

Por volta das onze e meia da noite, recebi um telefonema de Marie, a provedora-geral. Sua voz trazia uma tensão que ela tentava disfarçar com risinhos. Trata-se de gente boa, mas capaz de coisas terríveis, ela me disse. Pra começar, eles mentem o tempo inteiro, não têm empatia por ninguém, criam e matam pessoas, às vezes de modo literal, riem das tragédias humanas e acreditam que apenas suas vidas importam. Colocam-se o tempo todo no alto do Olimpo. Tudo isso que você descreveu é o que vemos lá fora, o mundo todo é assim, comentei. Eu sei, mas o mundo tem diversas válvulas de escape. Aí não tem. É uma convivência difícil, insuportável em alguns momentos. O último nobre-leitor só resistiu duas semanas. É um cargo essencial pro nosso santuário, pois é o que garante a permanência dos santuaristas e o pagamento das despesas pelos mecenas que cada um deles possui. Uns nem precisam de mecenas, mas são raros os que conseguem se manter sozinhos. Precisamos muito de sua ajuda, tem sido cada vez mais difícil encontrar pessoas que tenham o perfil pro cargo. Sou um otimista, pode confiar. Não vou desistir tão fácil, respondi. Houve um curto momento de silêncio. Quando você se apresentar, ela continuou, eles farão apostas pra saber em quanto tempo você vai renunciar. Também vão querer saber se você escreve. Nunca admita isso. Minta, negue até o fim. Diga que você, além de não ter dom nem imaginação, você sempre foi o pior aluno da classe em redação e em português. Comprove isso escrevendo algo muito ruim, um poema seria o ideal. Se puder, use vários pontos de exclamação. Mostre tudo a eles, de preferência, em público. Isso te dará algum tempo pra ganhar a confiança deles. Se eles acharem você com potencial pra se tornar um escritor, eles te desprezarão. Se sentirem que você pode ser como eles, vão te desqualificar. Mas o pior é se eles considerarem você capaz de superá-los. Aí eles partirão para destruir sua reputação, vão escrever artigos gigantescos amparados em teoria e crítica literária para desautorizar a tentativa de entrada do que consideram mais um farsante usurpador no seletíssimo grupo de pessoas escolhidas por divindades. Eles vão te receber muito bem, mas isso é uma armadilha. Vão perguntar sobre o que você mais gosta de ler. Tenha muito cuidado ao responder isso. Com base nas experiências relatadas, recomendamos que você minta dizendo que já leu muita coisa, mas esqueceu quase tudo e hoje em dia prefere filmes ou teatro. Melhor o teatro. Não aceitamos dramaturgos no santuário, e essa é uma longa história, fica pra depois, mas o fato é que assim eles não vão se sentir ameaçados por uma comparação. Eles detestam comparações, tá ouvindo? Eles detestam muita coisa, respondi. Tem algo que eles gostem? Tem, ela disse. Que leiam e elogiem seus livros, comentem sobre as homenagens e prêmios recebidos e sobre as injustiças cometidas por comissões formadas por invejosos jurássicos que nunca souberam escrever e jamais venceram um prêmio importante na vida. Só pergunte sobre o que estão escrevendo se você sentir que eles gostam. Uns odeiam responder a esse tipo de pergunta. Editores e críticos literários são *persona non grata* aí. Mas tenha cuidado ao emitir opinião sobre eles, porque muitos dos santuaristas também desempenham essas funções. Também procure ler ao menos as sinopses de cada livro deles. Elogie sempre as capas, a edição, os títulos e algum trecho do livro. Será ótimo se você encontrar um defeito de impressão pra você culpar a editora e a gráfica e dizer que os autores mereciam um tratamento mais digno. Eles adoram isso. Trate-os todos pelo nome. Leia, se puder, as resenhas mais favoráveis. Se não houver resenhas positivas, invente. Mas preste atenção: em hipótese alguma faça um elogio em público. Isso deve ser feito a sós, num momento adequado, de preferência quando eles estão eufóricos, acreditando que são maiores do que Pessoa e Cervantes, por exemplo. Eles mesmos ostentam os elogios recebidos. Isso sempre provoca burburinho e fofoca. Amanhã, antes de você ir se apresentar no egódromo, o pátio onde eles se reúnem pra falar apenas deles mesmos, leia as regras de ouro que eles redigiram após anos de deliberações até chegarem a um consenso. Não sei se você já circulou pelo ambiente, mas o egódromo tem um local de oposição: a carpoaria. Ela ocupa uma pequena sala dentro do almoxarifado onde se reúnem os poucos santuaristas que também são críticos e também alguns críticos visitantes que passam horas destruindo a carreira de quem tenha sido eleito o escritor do ano. Tempos atrás ocorreu um concurso oficial pra escolher o destaque entre os santuaristas, mas após cinco anos seguidos de tentativas tivemos que extingui-lo, pois cada escritor votava apenas em si mesmo. Depois disso, vários deles se mobilizaram pra organizar seus próprios concursos literários particulares: o prêmio levava o nome do organizador, mas ninguém se inscrevia e isso foi deixado para outro momento, é o que se conta pelos corredores.

Você tem alguma pergunta? Acho que falei demais. Você não costuma vir aqui?, perguntei. Na verdade, fui frequentadora por muito tempo, mas minha altura começou a incomodar bastante os santuaristas. Tenho um metro e oitenta e dois. Mulheres de grande estatura não são bem-vistas no meio. Aliás, em meio nenhum. Entendo, eu disse. E você, sabe qual a sua altura?, ela me questionou. Um metro e sessenta e um, respondi. Se perguntarem, diga que não sabe, que nunca se mediu. Se insistirem, diga que tem no máximo um metro e cinquenta e vá diminuindo um centímetro a cada mês. Lembre-se também que você não deve nunca bater na porta do quarto de nenhum deles. A reação é imprevisível. Não posso esconder isso de você: infelizmente já registramos homicídios por causa disso, mas não vamos tocar nesse assunto agora. Eles abominam ser interrompidos. Todos os dias eles assistem aos videos de suas participações em feiras literárias, bienais, entrevistas, oficinas criativas, recebimento de premiações e assim por diante. Depois disso, eles vão ao egódromo para comentar seus desempenhos. Os aplausos são mecânicos, pois ninguém escuta o que o outro diz e todos falam de si ao mesmo tempo, mas isso é o mínimo. Eles se sentam em minigrupos, de acordo com suas afinidades. Há minigrupos que se dão bem, uns que se ignoram, e outros vivem falando mal um do outro de maneira recíproca, mas convivem com certa harmonia. A gente costumava organizar lançamentos e saraus, mas a coisa não deu certo (depois leia a regra de ouro número sete) e isso foi gerando um efeito dominó vingativo tão grande que deixamos esses encontros de lado. Jamais comente que foi a algum lançamento de outro autor que não pertença ao clube. Isso seria recebido como uma ofensa e as represálias poderiam ser terríveis, ainda mais pra você que tá chegando agora. A gente tentou também proibir o uso de álcool e de certas substâncias, mas não deu muito certo porque eles sempre burlavam a vigilância e trocavam os livros raros da nossa biblioteca por diversos produtos psicoativos. Assim, nunca se sabe quando eles estão drogados ou apenas sob um estado de euforia sem motivo aparente. Lembre-se de não indicar livros, autores, filmes ou qualquer outra coisa que eles não conheçam. Alguns se sentem acuados e reagem citando referências que ninguém conhece. Em alguns casos, são até referências falsas. Eles gostam apenas de recomendar o que eles conhecem, e desprezam qualquer outra indicação vinda de fora.

Agora vou desligar, tá ficando tarde. Você tem alguma dúvida? Ah, lembrei de outra coisa. A ala dos poetas é a mais perigosa. São os únicos que a gente tem de monitorar com tornozeleiras eletrônicas. Eles precisam ficar isolados em outro pavilhão e também isolados entre si. À noite, é possível que você ouça eles declamando seus poemas em recitais imaginários. Não se assuste com a gritaria. Já os contistas são magros, ultra vaidosos e instáveis pois a maior parte é formada por falidos e desempregados crônicos. Na maioria das vezes, eles só conseguem vaga aqui no santuário devido ao dinheiro público que recebem. Também preste muita atenção nos romancistas, são os mais esnobes. Caminham devagar e têm a pele avermelhada por causa da grande quantidade de vinho que consomem. Para enaltecer a biobliografia deles, só jantam à luz de velas. Dizem a todo instante que o romance morreu para desestimular que outros publiquem trabalhos que superem os deles. Agora, prepare o espírito para lidar com os *tudistas*. Tudistas?, perguntei. Sim, a gente chama assim os que sofrem do complexo de Da Vinci. Acham que são campeões em tudo na vida e são muito cansativos. Andam sempre com seus originais debaixo do braço. A qualquer instante eles vão te mostrar como tudo que fazem é grandioso: poemas, haicais, contos, romances inacabados, ensaios, resenhas, orelhas, argumentos, trovas, sonetos, posfácios, prosa poética, cordel, autobiografias, jogral, prefácios, frases soltas, acrósticos, trocadilhos pseudo publicitários e assim por diante. Esses três grandes grupos são divididos em diversas categorias, etnias e gêneros, que por sua vez se subdividem em facções, contrafacções, dissidências e antidissidências. As mulheres, os namorados, amantes, companheiras e companheiros dos santuaristas vivem num anexo dos blocos laterais. São identificáveis pois sempre estão encobertas por uma sombra, onde quer que circulem, mesmo à noite. Trate-os todos com educação, mas sem excessos. Eles percebem quando estão sendo bajulados e podem achar que você está fazendo isso apenas para tentar compensar o fato de que eles não sabem escrever, ou se sabem e escrevem, ninguém leva a sério; ou se levam a sério, não lhes dão nenhum valor porque seus respectivos pares queimam tudo ao redor com seu falso brilho. Pode acontecer também de algum santuarista te elogiar de modo tão convincente que você pode se sentir lisonjeado e tão refém que você vai ficar propenso a retribuir. É provável que você recorra ao mais óbvio, procurando algum livro do elogiador em busca de elementos que te agradem para logo em seguida sair correndo atrás dele e elogiá-lo de volta. Fique muito atento. Alguns são exímios elogiadores. Fizeram isso a vida inteira. Eles farejam um detalhe mínimo em relação a você, que talvez nem você mesmo perceba. Aí eles começam a exaltar essa coisa que eles viram em você e que às vezes é até verdade, e são capazes de ficar horas usando hipérbole para te deixar inebriado de você mesmo. Depois, quando a fatura chega, o estrago é grande. Aí no seu estúdio deixamos cópias de dois ensaios: *A loucura do elogio* e *A filosofia do afago*. Leia tudo. Você vai se surpreender com o que está lá. Os autores são desconhecidos. Vou procurar aqui, eu disse.

Aí no santuário, ela continuou, jornalistas, roteiristas, revisores, tradutores, diagramadores e capistas têm o mesmo tratamento que os clientes de supermercados dispensam aos antigos empacotadores. Só estou falando isso pra você não baixar a guarda e dar um fora, ok?, ela me inquiriu. Ok, respondi. Você viu que o muro da entrada principal está todo chamuscado e cheio de rabiscos? Vi, sim. Um que tem umas plantas se ramificando nele. Também está cheio de inscrições estranhas, eu disse. Exatamente!, Marie respondeu.

Esse muro ainda estar de pé, mesmo chamuscado, tem um grande significado pra todos nós. Pretendemos instalar um mosaico nele, assim que os santuaristas se decidirem pela imagem. Eles discutem isso há anos. Pra você ter ideia do que já enfrentamos aqui, da noite pro dia, picharam esse muro com uma citação. Eu ri quando escutei a frase, o que a desagradou. Você tá rindo porque não sabe o problema que isso provocou aí dentro. Os contistas se revoltaram, saíram à caça dos pichadores. Houve muita confusão, há relatos de pancadaria e até de facadas, mas por um milagre ninguém se machucou com gravidade. E quem pichou o muro?, perguntei. Ninguém sabe até hoje. Já foram criadas tantas versões sobre isso que jamais saberemos a verdade. Providenciamos que a frase fosse apagada, mas isso foi ingenuidade e precipitação de nossa parte porque, no outro dia, estava lá outra pichação atacando os romancistas. Eu quis rir de novo, mas, desta vez, me contive. Ia comentar que as pichações eram de alto nível, mas o senso de humor de Marie não estava num bom momento. Sua voz dizia isso. Nem posso imaginar o que aconteceu, eu disse. Aconteceu o horror; o horror!, ela respondeu. Os romancistas ficaram tão enfurecidos que juntaram ratos a semana inteira (não sabemos como eles conseguiram isso, aqui é tudo higienizado, você já deve ter percebido) e provocaram um pandemônio no refeitório: uma chuva de ratos na hora do almoço. Pensei em comentar sobre a chuva de sapos em *Magnolia*, mas permaneci calado. Muita gente desmaiou, quase enfartaram. Você sabe o que é ter um rato morto no seu prato?! Demoramos mais de um mês pra apaziguar os ânimos. Foi um momento muito conturbado. Os santuaristas estavam cheios de ódio. Não conseguiam olhar um pra cara do outro, nem argumentar com sobriedade. Só pensavam em uma coisa: vingança. Quando tudo parecia se encaminhar pra um período pacificado, até compramos um jogo especial de pratos e talheres, tudo pra agradar esses pequenos monstros que bajulamos. Então, veio o inesperado. Por precaução, tínhamos decidido não mais pintar o muro de branco. Alguém deu uma ideia que na época achamos plausível, mas acho que todos nós estávamos muito abalados, sem conseguir raciocinar direito pra acertar nas decisões, senão jamais teríamos autorizado que pintassem o muro de preto. Pois aconteceu na manhã seguinte e você pode imaginar como a gente ficava apreensiva a cada manhã naquele tempo. Sim, claro, respondi sério, mas rindo por dentro. Pois então. Picharam o muro com tinta branca. O que dizia dessa vez?, perguntei. Ela me contou e eu não tive vontade de rir. Aí foi o caos. Chamamos a polícia, que por sua vez, diante do furor de todos os santuaristas, precisou chamar o batalhão de choque. Os poetas começaram a incendiar os quartos dos romancistas e dos contistas. Por isso que hoje em dia, os bardos, são monitorados, há muitos deles hoje aí que participaram da revolta. Os poetas ficaram nus e fizeram uma performance formando um cordão umbilical-humano em frente ao bloco que ocupavam, gritando que ninguém ali seria capaz de humilhá-los, logo eles, que tinham sido ofendidos pela *corja nojenta dos prosadores*, palavras deles. Também nesse dia nefasto perdemos um dos santuaristas.

Encontramos seu corpo sob centenas de livros, esmagado pelas estantes mais pesadas da biblioteca. Você já esteve lá? Ainda não, eu disse. É enorme, tem mais de vinte mil volumes. Ele estava preocupado com sua estatura, cada vez menor, e decidiu colocar todos os livros que tinha publicado na prateleira mais alta.

Olhei no relógio. Já ia dar duas da manhã.

Preciso mesmo desligar, mas pra você não ficar muito assustado com tudo que te contei, tenho uma notícia muito boa que pode se transformar em realidade em breve. Notícia boa, é?, eu disse. É. Contratamos um laboratório que está muito perto de produzir um coquetel que vai erradicar o transtorno múltiplo de egolatria cabotina que aflige nossos santuaristas. Tomara que dê tudo certo, não é? O resto você vai descobrir por si mesmo, é muita informação pra caber num telefonema só. Você já tem os números de emergência?, ela perguntou. Tenho, sim. Ótimo, então. Te desejamos boa sorte. Boa noite pra você e muito obrigada por ter aceitado nosso convite. Esperamos contar com você por muito tempo. Desligamos. Minha orelha ardia. Não consegui dormir. Resolvi ler os artigos e estudar as regras de ouro do clube.

No dia seguinte, logo cedo, fiz o pedido à cozinha e tomei café no meu quarto. O dia estava radiante. Era nove da manhã quando entrei no imenso pátio sombreado. Havia espelhos em todo o ambiente. Quando me viram, as conversas ficaram suspensas no ar. Pararam de admirar suas respectivas imagens refletidas e se voltaram para mim. Acho que todos estavam ali, reconheci vários deles das fotografias. Logo entendi o aviso de Marie sobre a minha estatura. Eu estava numa espécie de creche literária: eles eram muito pequenos. Sentados nas poltronas, alguns só alcançavam o chão esticando a ponta dos pés. A altura deles variava entre um metro e trinta, um metro e quarenta e cinco, o que despertava neles uma antipatia instantânea por quem os obrigasse a olhar para cima. Observaram-me durante algum tempo e logo depois me deram as costas, retomando o que estavam fazendo. Uma autora desceu da cadeira com agilidade e veio falar comigo. Seu rosto era de parafina, as expressões, paralisadas. Ela me perguntou se eu tinha lido seus livros. Lembrei de uma sinopse e disfarcei bem. Descrevi os detalhes elogiando a capa do seu trabalho mais famoso. Ela agradeceu e abriu um sorriso com dentes de plástico, perguntando se eu escrevia. Não tenho vocação nem talento, respondi. Depois ela quis saber a minha altura. Eu disse que não sabia ao certo. Soube então que seu um metro e quarenta e dois a estava deixando muito preocupada. Acho que só você pode me ajudar, ela me disse. Estou perdendo altura, minha pele está ficando escura e sinto que estou desaparecendo. Não sei se o mundo vai sentir a minha falta.

TOM CORREIA

nasceu em Salvador, Bahia. Escritor-fotógrafo com formação em jornalismo, possui trajetória híbrida que envolve projetos em fotografia de rua e literatura. Além de idealizador e editor da Revista Laroyê, foi curador da Festa Literária Internacional de Cachoeira – Flica (2017-2018) e de outros festivais literários. É autor do fotolivro *UnBlack Lisbon* (2020), série sobre a invisibilidade do negro na fotografia portuguesa, e dos livros de contos *Ladeiras, vielas & farrapos* (2015), *Sob um céu de gris profundo* (2011) e *Memorial dos medíocres* (2002).

www.tomcorreia.com.br

este livro foi publicado

na primavera

de 2021